글벗시선 94 이광범 시집

봄 그리워
다시 봄

이광범 지음

도서출판 글벗

개정판을 발간하면서

뒤를 되돌아본다는 일은 어쩌면, 자신을 더 깊이 살피는 성찰의 기회인 듯합니다. 그때는 몰랐는데, 반듯하지 않은 자신의 물건을 발견하는가 싶기도 합니다.
가는 길이 두 갈래거나 세 갈래였다면, 몇 날을 더 깊이 숙고하여 선택하였다면 더 좋았을 것을, 아쉬움이 밀려옵니다.

한 번의 개정판을 발간하면서 또 이다음에, 비뚤어지게 벗어놓은 신발 한 짝을 발견케 될지도 모릅니다.
사람이 살아가는 일이 늘 그렇듯이, 나름 신중하게 결행하게 되고, 훗날 모남을 발견하여 삶의 거울로 삼게 되고, 좀 더 바른 자세에 임하는 처지에 놓이게 합니다. 묵은 집기들을 어수선하게 끄집어 내어 잘 닦고 다듬어 정리하여 선반에 가지런히 정돈해 봅니다.
추억의 시간이 새삼스레 행복으로 다가옵니다.

2020년 9월

차 례

제2부 아내의 말꽃

제3부 나비가 된 사람들

제4부 어머니의 손

제5부 아래로 간 사랑

제6부 물 위에 걸린 꽃

제7부 들길 따라서

제8부 뿌리의 외출

제1부

마법 같은 변화

도화리 고가

문지기 없는 사립짝을 들어서며
사람이 공기처럼 굴었다
주인장은 손님맞이를 거침없이 하고 있네
귀한 살림살이 자랑하느라
열린 버릇 어쩌지 못하였다
인기척이 없다
객이 기웃기웃한다
동네에 꽃분이 시집을 가나
아궁이에 불쏘시개 집어넣고는
부엌문 열어둔 채로 모두 마실을 나가셨다
기와집 처마 밑 벽에 걸려있는
광주리, 동구미, 대저울, 다래끼, 햇멍석이 미소를 짓는다
댓돌 위 절구의 공이 삐딱하였다
뒤란을 돌아서려니 장독대의 항아리 얼굴이
햇살에 반짝이며 반기었다
사랑채를 기웃거리다
안채 봉당에 올라 안마당을 내려다 본다
어험
헛기침 소리 한 번 크게 질러보고 싶어진다

곳

바람이 몹시 흔들리는 날에는
꼭 거기에 가고 싶다
낙서장처럼 펼쳐진 그 들판에 나타나면
수 없이 휘갈겨댈 것 같기만 한 충동이 이는 곳
그런 곳이어야 하고
막상 그곳에 가면
한 편도 써 내리지 못할 두려움이 앞서기도 하는 곳
해풍에 이끌려 바다가 밀려오는 곳
해저에 엎드린 생의 울음이 짠내와 같은 곳
바람이 숨어들어 와 우는
뒤척이는 순천만 갈대숲에 찾아들고 싶다
벌써 겨울이 우물처럼 깊어져 가건만
아직은 허세를 부리듯 그들이 꼿꼿하게 서 있을 것이리
저들의 사연을 들어보고는
무리에 빠져 정수리 보이게 파묻히고만 싶다

맛있게 맛없다

악기 박물관에 찾아가려고
서봉사 방향의 샛길로 들어선다
마침 식당이 나타나자
황희수 시인께서 밥은 먹고 가자는 것이다
주차장에 차를 세우고 들어서니
차림표는 막국수와 찡만두다
아직은 더운지라 마당의 원탁에는 손님이
꽉 들어차 있다
막국수 둘을 주문하고
한쪽의 평상 마루 접대 자리에 올라가 편히 앉았다
잠시 후 상차림이 올려졌다
막국수 두 그릇에 얼갈이와 배추김치가 나왔다
가위로 면을 자르고 젓가락으로 비빈다
첫맛은 시골스러움이 혀를 건드렸다
두 번 세 번 갈수록 담백함이 파고든다
끝으로 갈수록 조미료 없는 무릉도원 같았다
식당을 나서면서 의외로 맛있지 않으냐는 물음에
황 시인은 여태 먹어본 막국수 중에 제일 좋더라고
대답하였다

산 정상에 올라

나무를 매만지면서
보지도 못한 숲을 상상하여 믿는
그런 어리석음은 없지

숲을 바라보면서
나무 하나하나를 생각해 내는
그런 현명함은 더 없지

산을 높이 오르니
한 폭의 숲이 격정을 품고
시야에 녹아들어 왔다

자화상

표정 없이 살아간다고 해서
사람이
아무리 냉혈동물일까
만두피처럼 감싸인 속내를 살펴 보려니
꼬깃꼬깃한 진심을 감추고 있다
뜨거운 찜기에 들지 않아
맛이 서걱거리는 것을 어이 탓하리
한 번쯤은
익고 싶은 기도를 늘 가슴에 품지
감나무 꼭대기에 아직 매달린 가을의 노래가
붉다
무심코 스치는 초겨울바람아 곁을 데이지 마라
돌연 무섭다
까치야 너 거기 앉지 말아라
마지막 한 알 떨어진단다

코스모스

시골 길가에
꽃이
한적한 바람을 입고 무리 지어 서 있는걸 보았는데
간밤에 귀뚜라미
가을 소리를 내어 귓불에 후후 불었나 보다
하는 수 없이
억지로 참으려니 견디지 못하였겠네
그렇길래
가녀리게 함박웃음 실토하고 만 거였구나
몹시도 기분이 좋아졌길래
하늘거리기까지 하는구나
햇살에 세수를 막 하는 걸 보면
사람을 임 마중처럼 대하는 듯도 하였다
마주치는 눈동자 속에는
너의 얼굴이 해맑고 눈부시었다
그냥 와락 안아주고 싶었겠지만
조금이라도 다칠까 하여
눈인사만 남기고 지나가련다

생은 죽을 리가 없다

침묵은 난처함에서 오고
두려움은 협박으로부터 온다
가을은 여름으로부터 온다면
겨울은 가을로부터 오겠지
그러지 마라
강탈도 부족하여 알몸을 만드나
다 죽었다 눈보라치며 소란 떨어도
봄은 여전히 오는 것
새싹은 돋아나와 어여쁜 꽃이 봄 들에 또 핀단다

강, 달

유유히 출렁거리는, 근심 하나 없을 것 같은
그래서 평온함이 흐르는 저 강물은
오늘 잔물결이 눈 속에 들어와 흔들거렸다
호수 같은 하늘에 박힌 달이
언제나 거울처럼 굴어대는데
내게는 강이 거울이었다
밤 하늘을 보면
손거울 같은 달 속에 강은 흐르지 않고
밤마다 강물 위에는 달이 떠내려간다
어쩌면
내가 강 쪽에 앉아있기 때문이겠지
달 쪽에 누군가 서 있었더라면
지금 달의 얼굴에 강이 그에게 흐를 것이다

풍경화

물의 정원 마당에 부슬비가 젖어 들었다
간간하였지 흥건하지 않았다
빈 공중에
강의 표정이 은근하게 번뜩거리네
가을 어깨에 무거움이 살짝 내려앉는다
들에 가득 찬 시어의 광란을 보았는데
이리저리 누웠다가 벌떡 일어나 도통 모를 곳으로 가고
가슴에 여러 개 구겨 넣으려니
한평생 다 읽어내지도 못할
자연 도서관 입구에 쓸쓸함이 서 있었다
책 한 권 읽으려고 꽃밭에서 널 꺼내려 하면
가을은 거기에 없네
액자 틀에 끼워진 너의 텅 빈 본심을 알아차리다
사람 많은 길목에 망설임 없이 시선을 걸어 두고야 말았다

마법 같은 변화

한 번쯤 죽는다는 것을 생각해 보았다
마포대교에 자살 소동이 뉴스를 타고 말이 나올 때면
한겨울에 그런 짓을 하지 말았으면 좋겠다
놀리다가
안타까워 가슴 졸인다
다리 난간에 걸린 절박함을 쳐다보고 있노라면
그 차가운 한강 물에 내 정신이 풍덩 빠져버린다
경계는 난간과 손바닥 사이겠지만
티브이를 뚫어지게 쳐다보다
경계는 화면과 두 눈 사이가 되었다
내가
죽음에 대하여 떨어지다 소름 떨며 체험하는 일이었다
깨달았다
저들이 소란을 피워댈 때마다
죽을힘을 다한다면 세상에 이루지 못할 일이 없을 거라고
저들이 움켜쥔 손아귀에 마지막 미련을 품고 있다면
구조대원이 얼른 달려가 구해낸다면
또 다른 저들을 보게 될 거라고
당장 달려가고 싶었다

달맞이꽃

밤빛에 들녘이 싱그러웠다
풀내 같은 엷은 웃음이야
물속에 떨어진 잉크처럼 설렘이 번진다
달빛 살며시 날아와 살그머니 나비처럼 앉으니
따스한 엉덩이의 체온이 꽃잎에 묻어버렸다
끝내는 참지 않았음이다
간지러움
펑 터져버렸다
바람은 가벼이 보일 거라 걱정을 하네
흔적을 닦으려고 애를 쓴대도 아무런 변화도 없다
그런 것 못 이기는 척 장난을 치는 앙탈일 거야
그저 좌우로 흔들거릴 뿐이지
어두움을 뚫고
노란 화장기 얼굴이 내 가슴에 연서처럼 쓱 들어왔다
그럴 즈음에 물어보고 싶은 말이 하나 있었어
날 좋아하냐고…

꽃무릇

선운사 뜨락에 군락지가 있다네
바람에 실려 꽃 분이 처마의 풍경을 치겠네
왈칵 쏟아지는 통곡을 하겠네
애잔하게 흔드는 쇳소리
불공 염불 소리에 속 비치겠네
나무 아래 비에 젖어 떨고 있는 한 여인이 서렸다
몸살 거리는 번뇌여
꽃으로 환생을 하였다네
그곳에 찾아 가야겠네
품안이 뜨겁게 데이고 싶네
전북 고창군 아산면 선운사로 250번지다

화분

예쁜 꽃을 가져다
화분에 심으니 신 신기듯 하였다
어린아이에게 어른 장화 같았다
테두리 지름은 고작 넓어야 한 뼘이다
잘 자라나니 꽃송이가 활짝 피어나며
그 매력에 깊이 빠져들었다

표현도 가지가지다
더는 벗어나지도 못할 감옥에 갇히어
왜 변함없이 고운 눈길을 넌지시 던지는 것이냐
즐거움 뒤에 슬픔이 서려 있을 것이다
햇볕의 반대편으로 꽃 그림자 여전히 드리워지건만
방실거리며 웃는다
안아달라는 뜻과 같았는데
들에 필 때도 전혀 다르지 않으니
사랑은 쳐다보는 것이 아니라
꽃에 다가갈수록 그의 것이리
품속에 넣어야 그림자는 진단다

예쁜 꽃

들꽃을 얌전히 꺾어들어 그녀에게 달려간다면
꽃을 든 남자가 된다
망초꽃 흐드러지게 피어난 밭 가장자리 둑을 보다가
지금
잡초가 화초로 뒤바뀌려는 순간이구나
한 아름 꺾어들어
고추 끈으로 곱게 밑동을 싸매고 나면
선물용 꽃다발쯤으로 쉬이 둔갑하지 않을까
밭일을 대강대강 마치고
저 혼자 실성이나 한 듯 히죽거리다가
망초를 한 움큼 꺾어 들으려 했다
얼른 집으로 달려가야지
깜짝이니까
대문을 열고 거실에 냉큼 들어서게 되면
등 뒤에서 얼른 꺼내 줘야지
자~ 받아
다 가져가
망초꽃 옆에서 우리 마누라 얼굴이
마치 함박꽃처럼 피어나고야 말겠네

우리

누군가로부터
자신의 모난 부분을 발견하게 되고
깨달음에 이르고
서로 다름이 거울이 된다

농부에게 밭 속의 망초꽃은 잡초가 되고
들판의 잡초는 어여쁜 화초가 된다

사람과 사람이 가까이 머무를수록 동행이 된다
멀면 잊혀가고 그 몸속에 파고들면
사랑이 된다

관심은 상대의 깊은 배려가 된다

바닥

누구라도 한번은 가라앉지
물 깊은 곳에 바위틈일 수도 개흙일 수도 있다
안다. 처절하게 닿아야 힘 다해 발을 찬다는 것을
추락은 끝을 모르기에 간절함에 빠진다는 것을
바닥을 그리워하는 처지가 된다는 것을
사람 뒤바뀌는 일이 이리도 쉬웠던 적 없다는 것을
아직도 그 깊이를 알 수가 없어
그에게 되려 사무쳐 버렸다
절벽 떨어지는 꿈속에서 다리를 잔뜩 웅크리며 잔다
박차고 오름은 그렇게 오나
물봉선화 씨방 건드리는 순간의 성질처럼 올 것만 같았다

할미꽃

그리움이 떨어져
고개 숙여
땅 짚는 것인지도 모른다
설마하니
그럴 리야 있을까
나이 아직 어린데
놀림 가지고 장난치는 것 아니냐

산사에서

불어오는 바람이
손 내밀어
처마의 풍경을 흔들어 댄다
이끌림은 때의 몰이 소리다
처마 끄트머리에 종 매달린 걸 보면
큰스님께서
장난을 치시려고 머리를 쓰신 것 같다
아무도 모르는 사이에
살금거리며 가까이 갈 수 있었네
법당에 얼떨결에 들어서려니
부처님 품 안에 들었더라
삼배 절 공양을 한다

이렇게 하려는 것은

다 말하지 않기에
당신은 모를 거예요
등잔 밑을 살펴달라는
진실한 사랑을 기다리기 때문입니다

굳이 에둘러 말하는 것은
서로 찾아내려는 탐색전 속에
소풍 날 보물찾기처럼
감동을 감춰두었기 때문입니다

갑자기 시치미 떼려는 것은
궁금해 하는 그대의 얼굴이
궁리하는 애교로 찰랑거리죠
바닷가 모래밭을 덮치는 파도와 같이
새하얀 치아를 들어내며 소녀처럼 웃기 때문입니다

몰래 뒤에서 허리를 껴안는 것은
방심하는 사이에
당신을 훔쳐 한 사람의 완전한 소유로
구속하려는
오로지 그대만을 위한 계략입니다

네 마음을 알아

어느 날 호주머니를 흔들다가
전화기 앞 하트모양 이웃돕기 저금통에 동전을 넣었다
혹시나 모를 사용처를 위해
몇 개 그대로 남겨두었는데
다 넣어도 되는 걸 알지만 어쩌면 하는 걱정이란
한발 앞서 잔돈 사용처에 미련이 웅크리고 앉았다
이러한 처지를 생각하다가
아내는
감추는 버릇이 오래전에 일상화 되었음을 깨달았다
가끔 한턱내라 말 할 때마다
빈 지갑만 내어 보이는 당신을 보면서
듬직한 기둥이 곁에 있구나 뭉클거렸다

그럴 것이다
멀지 않은 장래에 금잔디 이불을 덮어주려고 할 것이고
음복하며 원망을 쏟으려고 상석을 봉분 앞에 놓겠지
비석을 세우며 낭군님임네 하고 표식을 남기겠지
값비싼 무인석을 양옆에 세워두고 낮이나 밤이나
숙면을 취하토록 지켜주려는
속 깊은 계획을 품었을지도 모른다

제2부

아내의 말꽃

다 컸구나

아삭하고
달콤한 밤의 흰 속살은
성숙해졌니
사내로구나
경계를 풀고 토해냈다

장미가 똑 닮았네
가시가 솟은 꽃봉우리는
젖멍울 하니
어엿한 여인이구나
빗장 밖으로 던졌다

영정 사진

천장이 삶의 전부였을 게다
근 삼 년 동안 아버지는
빈 게시판이라 여기며 지우개 없이도 낙서하고
수없이 그려내며 써 내려가지 않았을까
비포장 길에 끌고 오시던 삶의 손수레는
놓쳐 버리시고 만 듯
지나온 세월을 등에 지고 길 떠나 가시려니
몸 무거우셨던 게다
정신 줄 놓고 마냥 아파야 했다
식음을 게을리 하시던 아버지
몸이 가벼워야 자식이 고생 덜할 거라 여기지 않았을까
맘이 깃털 같아야 새처럼 날지
꼭 가야 하는 하늘나라에
무사히 당도할 거라 믿으신 게지
영정사진을 보니
생전에 없던 표정을 지어 보이시니 알 것만 같았다
이마에 손금 같던 골 주름은 간 데가 없다

양 볼에 근심 같던 잔주름도 간 데가 없다
아마 저승길에 어머니를 뒤로하고 홀로 떠나가시니
외로울 거라 깔끔하게 꾸미신 게지
결혼식을 다시 올리는 기대 가득한 표정일지 모른다
제주祭酒를 올리며 아버지와 마주하니
눈물 가득한 내 얼굴에
측은한 미소가 향불 연기되어 피어올랐다
아버지는 나의 어깨를 툭툭 두드리고 계신다

팬티

단순히 고추 덮는데 쓰는 가리개인 줄 알았어
팬티를 내리고 마당에 오줌을 누면
엄마는 후루룩 하셨다네
맛있다 하시며 항상 따 드셨어
고추장 없이 드시는 풋고추라 그럴 거야
행복해하시며 무척 즐거우셨다
엄한데 손 타지 않게 늘 감춰주셨다
나이가 들어 홍고추로 탐스럽게 변하니
며느리에게
곳간 열쇠를 넘겨주듯 하셨다
고추는 햇볕에 잘 말려야 하고
아내는 늘 태양처럼 굴었어
엄마는 나름 비법을 가르쳐 준 지도 몰라
장모님에게 배워 온 지도 몰라
친구들이랑 떠들다가
팬티가 뒤집혀 덮인다는 소리를 듣고
기겁하였다

표시를 해둔다는 비밀도 있다고 한다
엄마가 방앗간에 고추 빻으러 가면 부대가 다들 달랐다
가장 소중한 것은
제일 신중하게 다루어야 한다는 걸 깨달았다

아내의 말꽃

틈만 나면
화분에 꽃을 다발로 피워낸다
사계절 내내…

물 주기를 거르지 않고
거름주기를 착하게 한다
집사람에게 이만큼 정성을 쏟아 준다면
어떨까 상상을 하면
가끔 터지는 빈정대는 소리를 듣지 않겠지

"나한테 좀 그렇게 해봐라"

마누라가 모르는 소리만 한다
그 볼멘소리가 얼마나 사랑스러운지
남편 엉덩이를 걷어차듯 발길질 시늉을 하지만
눈 찔끔 감아야지
죽어도 딴청부리며 못 들은 척해야지…

꽃샘추위

겨울 떠나는 자리에
눈시울
비거스렁이거린다
호젓한 산골짜기에 꽃샘바람 몰래 미끄러졌다
하늘갓이 살금거리기에
가슴에 갓난쟁이 고양이의 발바닥이 짓밟았다
봄 그리워 다시 봄을 부르는 마음에 는개 들어왔다
옛살라비에 꽃 얼룩이 피어난다
가람 둑에는
쑥, 냉이, 소리쟁이 수다 소리 아침을 내밀었다
땅속의 빗장 지른 다솜 씨앗 박 터지고 있다
임 맞으러 가네
들에 풀 새싹이 솟아난다
추위에 방실방실 아기들이 웃어댄다
날씨가 곧 갤 것만 같았다
소소리바람이라도 튈까
날도래 겁 달고 물수제비 뜨며 저 멀리 달아난다

* 비거스렁이 : 비 갠 뒤에 바람이 불고 기온이 낮아지거나 시원해지는 현상
* 하늘갓이 : 땅 위에 펼쳐져 보이는 하늘
* 는개 : 안개보다 조금 굵은 이슬비 보다 가는
* 옛살라비 : 예부터 살아온 곳
* 소소리바람 : 이른 봄의 맵고 스산한 바람
* 다솜 : 사랑

당신이 좋아

괜찮아 ?
어깨를 툭툭 두드려주는
그런 위로가 어디에 없지
어쩌다 뒤로 와서 깜짝 놀라게 껴안아 주는
그런 사랑의 증표가 어디에 없지
손 내밀라며 당신의 주먹이 펴지고
갑자기 나타나는 감격은 어디에 그런 거 없지
옷 사주려고 끌고 가서는
자꾸 삼십 대로 향하는 당신의 코디 취향은
풀 내와 몹시 같았다
자꾸 옛날 기억을 되 찾는 것 같았었는데
왠지
솔직히 싫지 않고 못이기는 체가 너무 좋았다

검정고무신

우리 어머니
장마당을 돌아
들고 오시던 검정 고무신
햇살에 광택이 제법 눈부셨다
튼튼하고 질기던 어머니의 따스한 사랑
그걸 신고 온 동네를 돌아다녔다

강가의 모래톱에 앉아
모래를 손아귀에 움켜쥐며
허공에 날릴 때
시계는 과거에 슬그머니 멈춰있었다

기차놀이에 집어들은 게 겨우 고무신 한 짝이었다
몇 개의 성과 탑을 쌓고
모래밭을 신나게 밀고 다녔다
연 꼬리를 닮은
기다란 동심의 꿈길을 새기며 입가의 기적 소리
돌고 돌아갔다

여보

새벽에 길 떠나가는 당신의 염려증을
계수대에서 보았소
새로 지은 수수밥이 전기 밥솥에 앉아 있었고
어제 저녁 수북했던 설거지는
잘 정돈하여 책 걸상에 앉혀 놓았네
싸리버섯 건져내 비닐 팩에 나누고
냉동실에 넣어라
물김치 냉장실에 있으니 가져가 점심때 먹으라 한다
잠 깨인 핸드폰에 메모처럼 문자가 날아 와 있다
잘 가고 있느냐고
묻는 답장을 기다릴 텐데
그 미움을 매번 염려로 말을 건넨다

한 손에 따끈한 도시락을 들으니
관심 상자가 은근히 팔을 당긴다
출근 시간이 되어서야 밥을 먹고 한 남자가
집을 나서고 있다

폐가에서

일몰이 어두움을 몰고 옵니다
뉘 머무를 집이라 여겼겠지요
온기를 잃은 밤공기가
웅크리고 방으로 들어갑니다
인기척으로 천장이 들썩거리던
그때를 기억하기라도 하듯 어둡고 침침해 합니다
처마에서 담장 곁 목련 나무 이파리 까지
호랑거미 독차지 하려는 듯 그물을 길게 걸었습니다
새벽마다 포낭의 명주실 따라
눈물을 캐 내려는 몸부림인지
이슬이 불규칙하게 구슬처럼 꿰어져 있었습니다
나그네가 돌아 온다는 기쁜 소식보다는
망연자실한 한숨소리만 거미줄에 가득합니다
무릎이 퇴행성관절염에 꺾이듯
기둥이 기울어 갑니다
한 무리의 들짐승이 둥지를 저버리고 갈 적에야
폐가의 떨어진 창문 같았겠지요

이불 속에 머리를 묻고 잠드는 아버지의 꿈 속엔
뜰 안을 가득 메우는 참초들 투성이었겠지요
달빛을 신문지에 말아 피우고
달무리를 안주로 건져 내 먹으며
바람이 몹시도 불어대던 날
삐걱 거리는 골격 소리에 젖어 들어가
귓구멍으로 막걸리인양 취기를 마셨습니다

달빛이 파리하게 멍울을 터트리는 시간
마루에 걸터앉은 나뭇잎 여러 장
마당에서 발자국이 사라진 걸 물끄러미 지켜봅니다

못

너의 속을 보고는
차마 침묵을 하지
뻗대고 박혀
늘 말 없음에 나를 지탱하였다
나이는 늘어갈수록
몸 야위어가고
검붉은 쇠의 속내는 표정에 드러나고
고약해 보이는 심보 가득하였다
함께 늙어버린 나무를 훑어보다가
그만 울컥 목구멍이 떨었다
거칠어진 나뭇결에
선명하게 드러나는 골 주름들
카트리지 바늘 같은 시선이 긁고 지나가는데
아직도 피부를 따라 울리는
사랑의 나직한 숨소리

둥지의 새가 날아갔다

한 조각의 티끌이 날아 들어와
서럽게 눈물을 짓는 건 아닐 것이야
미세한 분진이 당차게 눈동자를 괴롭히기에
물론 눈물이 나기야 하였겠지만
사실은 너희에게 들켜버릴 것 같은 눈치를 가려 보려는
손바닥의 가벼운 위장이었다
눈 주위를 비벼대는 시늉을 하기라도 하려는 것은
아빠에게 티끌 조심해라 응? 안쓰러워 말하는
아이들의 진심을
오래도록 의지하며 새겨들으려는 방편일지도 모른다
환한 미소 뒤에는 역시 그늘은 필연처럼 드리워졌다
먼 나라로 이동하려는 인간 새들은
얼마나 아득한 간격이기에 저토록
철鐵새에 먹혀들어가 목적지에 배설돼
재탄생하는 일이었던가

민들레

봄날은 곧
민들레를 피우지
눈치 없이 들판 아무 곳에나 점령을
저지를 것이네
지금에야 간 곳이 없는데
말뚝에 걸린 옛날 황소가 꽃 보고 방긋 웃잖아
쇠똥구리 풀 사이로 공 굴리던 기억이 와
향수라고 말해야 할까
봄내가 훈훈하게 코로 날아들었다
한여름에 센 바람을 타고
홀씨가 공중을 타면
우리의 꿈도 멀리 날아가 앉겠다

나리꽃

얼굴에 주근깨가 가득하다
속눈썹 길게 붙이고 어디로 길 가시는가
발걸음의 몸짓을 바람이 부추긴다
달 밟는 마이클 잭슨 춤을 멋지게 춘다
그래서 늘 그 자리였구나
이리로 다가오는 착각에 깊이 빠져버렸다
오렌지 색조 화장에
당당한 미모의 주장이 서렸다
눈 속에 점들이 우수수 별 되어 떨어지고 있다
눈동자에 까만 글씨가 박히고 있다
예쁘죠, 그렇게 쓰고 있었다

궁항마을 아름다운 활을 긋다

전북 부안군 벽산면 격포리
네이비는 우리 가족을 안내했다
햇살 맑은 날
자동차는 해안에 사람을 부려 놓는다
마을의 넓은 공터에 관광안내도를 들여다본다
포구 모양이 활을 닮아 있었다
이러한 동네의 구조는
말하고 싶은 이야기를 어디에 감추며 사는 것일까
슬레이트 지붕과 담장 사이에 자란 감나무 잎사귀일까
주꾸미 만선 하여 돌아오는 전마선 갑판 위에 두었나
낙조 시각이 오면 갯바위에 기대 선
아낙의 볼 같은 홍조였을까
갯벌 위에 엇갈린 발자국이 낙관처럼 가득하였다
방파제 산책로를 따라 걸어갔다
등대를 벗 삼아 사진을 찍는다
바닷바람이 소금기 날리며 입술 사이에 양념 같았다
갈매기 날아 구름을 저어 댄다

소나무를 머리에 이고 솔섬이 편히 누웠다
출렁거리는 파도의 숙덕거림은 노래 한 가락이었고
바다의 푸른 물결이
활시위를 당기어 낮빛을 쏘고 있었다

바다

파도가 출렁대고는
거품을 드러냈지
사실 가끔 바다에 가면 어디가 입인지
어디가 항문인지 잘 몰랐다

사람은 태어나서 죽을 때까지
얼마나 많은 말을 늘어놓고 가는지
산다는 게 재미난 건지 힘이 든 건지
다행히 쌓이는 건 아무것도 없다는 거지
글을 쓰면 책으로 늘겠지만
그마저도 관심의 대상이 되지 못하면
다 어디로 사라지는지 몰라
바다 밑바닥을 들여다보면
거기에도 쌓여있는 건 아무것도 없는 거 같다
플랑크톤부터 흰수염고래까지
먹어치우고 또 먹어치우고 먹이 사슬에 묶여 살잖아
다 같은 생명일 텐데 아우성이 차고 넘쳐 날 텐데

태풍이 쓸고 지나갈 때면 그 북받치는 설움들이
한꺼번에 터져 나오는 거야
거품은 어떻겠어 물 한 모금 마시지 않고 짖어 대는데
목이 타 버릴까 봐 내가 다 걱정을 한다니까

그랬어
게 거품을 입에 물어도
손 등을 올려 쓱 닦아내고 마는 거였어
바다는…

목욕탕

이곳에 오니
실오라기 하나 걸치지 않은 알몸이 자연스럽다
그러고 보면 순수하여지고픈 열망이었나
옷 속이 적나라하게 드러나는 곳 이었다
명절이 가까워지면 더 많은 사람이 모여들었다
어린 녀석들은
아직 풋내 나는 고추를 달고는 신이 나 아우성이다

은근히 닭털 뽑아낼 듯한 열탕에 들어가 앉는다
지그시 두 눈을 감고 참선에 들어서면
바로 전 주렁거리며 오가던 고추에 신경이 쓰였다
덜 여문 놈 웃자란 놈 굵은 것 가는 것 모두 가물거렸다
오!
저 오이 아삭이 고추 열매는
종자가 실한 것이냐 거름이 잘된 것이냐
자꾸만 눈길이 머물게 되고
풍성한 열매에 신경이 끌리는 것 아니었던가

그러고 보니
꼭 풍년을 기원 하는 농부의 마음을 드러내고 있었다

탕 속의 물 위로 땟물이 조금 둥둥 떠다니는 걸 보다
밖으로 눈빛을 옮기다
내심의 긴장감이 돌기까지 하였다

어머니 오시었소

바람도 넘기 어려워 망설여지는
저 서산마루 고갯길을
목구멍에 넣어 삼켜봅니다
노을이 타는 저녁이 오면
떠나가는 나그네의 그림자처럼
어두움이 내리고
천 길 낭떠러지에 발 닿는 소리 들리지 않아
어안이 벙벙하여 텅 울림만 납니다
어머니 치매라도 생기셨소
시도 없이 이 가슴에 앉아 짓누르고 있지 않소
자식의 몸이 아프면 들이닥치고 계시니
혹여나 박태기나무 아래 누워서 제 꿈만 꾸시는 것이오
모른 체 하시어도 괜찮았소
편도가 부을 때마다
아랫목 요 밑에 손 넣어 보살피시니 모정의 못은 배겨와
등이 아렵습니다
이렇게 들르셨으니 이마라도 짚어주시구려
엄한데 자꾸 헤집지를 마오

드립 커피

거름종이를 깔때기처럼 펴서
용기에 걸치는 일
갈려진 가루를 20g 붓는다
긴 목 주전자의 뜨거운 물을
천천히 뿌리는 일
나선을 돌려 4바퀴 밖으로 설렘을 긋는다
안으로 3바퀴 조바심을 꽁꽁 감아내었다
부드럽게
은은하게
찻물 내리는 이의 침묵이 잠긴다
심기를 조심스레 담아내고 있다
참견하지 않듯
원두에 물을 붓고
기다림은 혈관을 뚫고 받침 병에 떨어져 충돌한다
물방울이 동공에 들어와 가슴을 적신다
잔을 들어 수평을 기울이니
진액이 입술을 지나 혀를 더듬는다
가슴 절로 오르가슴을 한다

베란다

이십 년을 넘게 함께 살아 왔다
늘 곁에 있는 붙박이 공간이었다
눈 닿지 않는 곳에선 무심의 먼지가 뿌옇게 쌓인다
집안의 잡동사니가 골동품으로 거듭나는 곳이다
몇 해가 지나가면
누군가 우리 아이들이 몇 살이냐고 물을 것이다
베란다 존재가 늘 그랬다
망각의 보따리가 여기저기에 숨어들었다
시장에서 필요한 물건을 사들여 사용하고 나면
사후에 보관하는 틈새가 되어 주는 벗이다
똑같은 물건을 종종 발견하는 곳이기도 하다
오늘은 어딘가에 있을 콘센트를 찾으려는데
구석에서 사각진 깡통 상자를 발견하였다
어렴풋이 낯이 익으니
뚜껑을 열어 보았다
그곳에서 장모님의 곤한 잠이 깨이시는 것이다
조금은 낡은 동남아 여행 때 찍은 독사진 한 장과

처녀 때 사진 한 장이 서류뭉치와 함께 들어 있었다
마누라가 유품을 정리할 때
이불과 의복과 사진이며
모두 다 소각한 줄 알았었는데
혼백이었을까
신주단지가 모셔져 있었던 것처럼 거기에 있었다
아...
제사 때마다
유독 베란다 창문을 열라고 말하던 당신을 보면
장모님이 이곳에서 걸어 나오시는 것이 맞았다

논 끝 마당에

메뚜기 키 높이 뛰어오르죠
가을 머금은 메밀잠자리
햇살을 금가루 인양 털어댑니다
좁다란 논둑길
빈 소주병 ,음료수병 한 손에 거머쥐었고
꼬맹이 강아지풀 꺾어들어
메뚜기 목덜미를 몇 마리 꿰차 달려갑니다
여러 아이는
코 훌쩍거리며 더벅머리죠
논바닥 펄럭거리는 메뚜기 떼 따라
부지런히 움직입니다
벼 밑동에 발 걸려 넘어지는 아이
메뚜기보다 재빠른 팔 뻗치는 아이
프라이팬에 들기름 두르고
볶아대는 고소한 맛을 따라
정신없이 헤메입니다
해 서산에 걸리어 기온이 서늘해 지면

땅거미 졸음에 취해서 가라앉아요
항아리 속 같은 아이들 웃음소리가
들녘에 텅 비어져 떠나가 버렸습니다
내일 또 이 벌판을 지나가게 되면
재생 영상이 펼쳐지겠죠
차 유리창에 논골 그림을 불러 새겨냅니다

제3부
나비가 된 사람들

44번 국도에서 한 번 더 헤아려 보자

숫자 4는 한국인 정서에 흉할 기운이죠
오호라
44는 뭔가 다시 태어날 것 같네요
444는 되려 차원이 반전됩니다
자동차 번호판이 4자 네 개를 달고 앞에서 달려갑니다
4444는 완전 압권입니다
네 번을 죽기 위해서 세상에 다시
태어나야 하니
이보다 더 길한 경우의 수도 없을 겁니다
한 번 죽는다고 해서
너무 서러워 말아요
초상집에 가끔 웃음소리가 옆구리 터지는 일도
조문객이 상주에게 조심스레 다가가
다시 환생하심을 격려하는 위로의 말 일지도 모릅니다

내 편

그림자
아무짝에도 쓸모가 없었다
버리려 해도 휴지가 되지 않았다
평생을 공생하는 막역한 사이지
내심 몇 가지는 제 역할을 하지 않을까 했는데
하나하나 생각해 보자니까
뭐가 있긴 있는데
뭐지?
미행할 때 꼬리가 길어서 들킨다는 것
별 도움이 안 된다는 것
기대하지 않으려니까 한 가지 떠오른다
단 한 번이라도 벗을 버리지 않았던 너였구나
희로애락의 곁에 늘 뻗대고 있었다

모퉁이

바람이 꺾이어 오는 곳이었어
고개를 내밀면 딴 곳이 보이는 자리야
항상 인기척을 의식하지만 눈에 뜨이지 않아
닥쳐올 일이 막 벌어질 것 같은 강박감이 숨었어
그대를 가리키는 별명이라면 너무나 좋겠어

뾰로퉁한 투정 뒤에서 깊은 관심이 보이는
화 속에 헤어짐이 두려워 애착을 사리는
오만 상상이 발소리처럼 저벅거리는
안 보이면 궁금하여 목이 구부러져 늘어난 잠망경 같은

그림자를 미리 발견하고 가까워짐에 호기심이 인다
별안간 나타나는 연출은 충격을 깨닫게 한다
보고 있어도 보고 싶을 때보다도 설렘이 더 파도 친다
등 뒤에서 몰래 손바닥으로 두 눈을 가리는 장난기 같다
기다림이 저곳에 서면 기대의 불길이 치솟을 것 같았다

한여름의 낙서

풀 향내가
망초꽃 둘레길에
꽃향기처럼 풍겨 나온다
한가로운 논둑 길에서
7월의 여름이 불 탄다
혹시나 논병아리 몇 마리 가로질러 훅
달아날지 모르겠다
두 눈 동그랗게 뜨고 앞을 노려보아야 하겠다
어두운 밤이면 고논에서
뜸부기 울음소리 구슬프게 날아들겠지
메밀잠자리 쉼 없이 하늘을 빙빙 날고 있다
고추잠자리
아슬아슬하게 벼잎에 앉아 쉬고 있었다
나그네 조금 더 지나가면 넓적한 바위에 앉아
종아리를 잠시 접어 뉠 수 있겠다

삶은 효자손이다

사람 사는 게
앞을 모르니 살 수 있지
다 알면 겁나서 주저앉고 말겠다
언제나 탄산수처럼 톡 쏘고 지나가는 거였어
벌 같을 때도 있는데 몹시 통증을 유발한다
그렇겠지
사는 게 이 맛이지
상처가 아물어 갈수록 가려움증을 동반하는 것이지
세월에 긁히며 시원하게 살아보는 것이다

이발

더벅머리 소년처럼
잡초들이 무성하다
머리에 꽃핀 꽃은 망초가 올해는 다 점령해 버렸다
예초기를 등에 지고는
보안경을 끼우고 시원스레 깎아 나간다
자두나무 밑을 지나가는데
예초기와 등 사이에 움직이는 무언가 있었다
화들짝 놀랐다
혹시
나무에 올라갔던 뱀인가
깻망아지가 떨어졌나
꿈틀거리기에 소름이 끼쳐 예초기를 얼른 벗어 내렸다
푸른 자두 한 알 바닥에 구른다
깜짝이야
오늘은 자두나무가 장난을 치고 있었다

고리 끊기

등을 보이는 바람은 없어
돌진하여 달려오는 사나운 동물 같다
몸이 뒤돌아서야 하는데
그렇게 하여도
여전히 앞만 보인다
등 보일세라 뒷걸음질 치는 거였다
그래서 음습한 곳이 얼마나 큰지 보이지 않았다
길을 걸어가면
캄캄한 밤에도 달그림자 드리우는데
도무지 등을 볼 재간이 없었다
거울에 비치는 제 얼굴을 볼 때면
표정에 가린
등이 서렸다는 걸 짐작할 뿐이었다
방법은 하나
더 날렵한 몸을 단련하는 일이겠지
재빠르게 먼저 뒤로 달려가야 하는 일이지

채송화

키 작아 귀엽기도 하다
담장 밑에도
전봇대 옆에도
길가 돌 사이에도 핀다
어깃장 부리는 애교에 심지가 탄다
눈 마주치려니
심장을 가로지른다
허리 숙여 시선 맞추는데
눈빛에 급히 쪽지가 날아든다
윤기가 흐르고 있다
꽁지 묶음 머리 막 풀어 헤쳤다

무게

흔들림은 갈대와 같다
생각하지 않으면
흔들리지 않을지 몰라
과묵함은 바위와 같다
흔들리지 않으려고
생각이 없는 것인가
그럴 리야 있겠는가
묵언의 무게는 바위와 같다

나비가 된 사람들

장마당에 꽃이 진열된다
오일장 이른 아침이다
꽃장수 아저씨가 트럭에 웃음을 가득 싣고 와
좌판에 가지런히 부려 놓는다
오늘은 봄볕에 꽃들이 얼굴을 뽐내는 날
지나가던 사람들
꽃 소곤거림에 발이 이끌려 온다
웃음의 중력이 이곳으로 고랑을 내고 있었다
아직은 일러 벌은 날지 않지만
사람들의 눈빛이 꽃과 꽃 사이로 온종일 날았다

이거 얼마에요
이거는요

가격 흥정이 꿀벌처럼 귓속으로 날아들었다
주인아저씨가 할인해 줄 때마다
사람들은 더 향내가 진동하는 듯 즐거워한다

이것저것 고르다
누군가 꽃모종과 화분을 손으로 만질 때마다
그만
기쁨을 들고 가는 것이다
그들은 발걸음이 나비처럼 날아갔다

구름이 산머리에 걸렸다

잠시 목에 걸리는 숨을 뉘려고
무암사 경내에 머무른다
황톳빛 돌계단에 멋스러움이 젖어든다
고개를 쳐드는데
어찌나 앞 산마루가 저리 높던지
바람도 무릎에 앉아 기대어 잠시 쉬어가는 중이었네
정적이 샘물의 수면 같다
그러니까 뺨을 만지길래
동행인줄 그제야 알았네
예까지 외로움을 절대 몰랐던 까닭이었네
먼데 하늘 닿은 곳과
산 아래 풍경이 맑게 시야에 들어오네
심장을 격렬하게 통과하는 혈액의 또렷한 기 발현법이네
큰스님께서 법당의 창을 활짝 열어 두었나
긴 숨에 탁한 잡음이 거침없이 씻겨 나가버린다
오늘 일기장에 맑음이 자세하게 쓰이고 있다
삼성각에 오르니
공중에 발이 날개 달아 들뜬 듯하다
법당에 삼배 올리고 댓돌에 엉덩이 얌전하게 뉘니
세상은 부처님 따라 빙그레 웃고 있더라

곁눈질했다

북한강을 지나다 보면
억새와 갈대가 함께 어울리는 강변의
곳도 있었네
경계를 허물자 하려는 것인지
영역 다툼이었는지
그 속내를 알 수 없으나
바람이 건들고 지나가면
춤, 사위 멋들어지다
뽐내고 있기에 다 마찬가지의 처지를 흘금 엿보았다
그러고 보니
물새 나는 강가에
은빛 머리
억수로 속울음 우는 듯도 하였다
가끔은
강촌리에서 백양리를 지나 가평군 북면 이곡리까지 간다
지나가는 길에 갈대와 억새의 구슬픈 노래를
듣곤 하였다

부부 숫돌 장수

잊을 만하면 가위 가세요
문을 삐죽이 열고
낯익은 아주머니가 가게에 들어선다
남루한 옷차림의 여자가 말 속에 담긴
간절함을 내미는데
혀 한마디가 훤히 드러난다
귀로 들어와 고막을 건드렸을 뿐인데
꼭 가위를 내드려야 할 것 같았다
남편이 밖의 인도 어딘가에서 자리를 펴고 기다리겠다
예전엔 칼, 가위 갈이 장수가 제법 있었는데
여러 달 만에 찾아오는, 먹고 사는지가 궁금한 사람을
그냥 돌려보낼 수가 없었다
개업 첫날부터 숫돌을 사다 구석에 처박아 두었건만
세탁기가 고장 나면 지렛대 바침으로 사용할 뿐
모서리가 톱처럼 깨지고 원래 기능을 다 하지 못하였다
가위의 날이 무디어지면 직접 갈아 써도 되는 걸
기술이 묻은 쇳소리 울리는 걸 듣고 싶었던 모양이었다

아무래도 천이 잘 잘린다
저 부부에게 해줄 수 있는 편리라곤
가위를 접었다 폈다 하면서 신문지를 가르며
날선 마주치는 삶의 곡조를 귀담아 들어주고 만족해하는
일이었다

소주

투명한 너의 심성을 보고는
곁에 두려고 해
술잔에 나누어 따르며
사람들은 무언가를 들이키려 하는 거야
지금 원하는 것은
감정을 표정에 휘갈겨 쓰려는 것이다
취하는 것은
알코올이 너무 순수하기 때문이겠지
속이 다 들여다보이니까
마음 다 들어내어 둘이서 잘 어울리게 될 거라고
유리잔에 공명을 넣는다
온종일
가슴 감추어 놓는 일이
늘 쓸쓸함이다
어딘가에 동화되지 않는다면
가을 단풍잎처럼 어찌 멋진 치장을 할 수 있으랴

낙서장

덧써도
헝클어지지 않는 연습장이 하나 있다
하늘을 보면
매일 태양, 달, 별, 구름이 지나간다네
때로는 새들이 날아와 마구 휘저어 놓고 간다네
지우개를 털어서 한 번도 쓸어 낸 적은 없었다
태풍이 몰아칠 때도 있는데
얼룩이 깡지처럼 남기라도 할까 봐
걱정스러운 염려가 슬그머니 자리하지만
파란 하늘을 보게 된다면
아무렇지 않은 뚝심을 알겠네
신기한 연습장을 부러워한다네
가슴을 열어 보았다
하늘을 담기라도 한다면
검푸른 멍 자국이 없을 텐데
스펀지를 움켜쥐듯 한데도 흐르는 물기가 없을 텐데
하늘은 한 번도
이 몸속에 칠판처럼 매달린 적이 없었다

그대로 멈춰라

조금 더 앞으로 가면
너 거기에 있겠네
아침과 저녁엔 선선하고 낮은 따갑고
허공에 잠자리가 햇살 흩트리고
들길 따라 코스모스 간들거리지
산 능선을 따라 색동옷 갈아입네
초가지붕 큰 박이 달처럼 웃겠다
농익은 가을아
너 거기 있겠네
발뒤꿈치 물리지 마라
섭섭하게 굴면 비겁할지 모른다
누런 벼 낫으로 뉜다고 하여도
쓸쓸함 그대로인 걸
너 가지 말아라

순

너는
제일 처음 같다
사실은 맨 마지막을 보여주는 것
밑동과는 다르게
끝에는
늘 청순함이 깃들기 때문이겠지
늘 시작을 보는 듯 하기 때문이다
삶이 이러할지라
시인의 심성이 이러할지라
끝으로 가면 갈수록
솟는다는 것이
새순 같았다

문

천 미터 전 자동차를 넓은 길가에 세워두고
비탈길을 오른다
이쯤에서 걸어가야 맘이 골바람에 씻겨나 갈까
거름종이에 떨어진 땀방울처럼
가슴의 진액을 흘리며 간다
탁한 기운을 산기슭에 잃어버리고
긴 숨 들이쉬며 부스러기 번민을 토해내려 한다

수종사, 불이문을 들어서다
돌계단에 엎어진
중력을 뚫고 발바닥이 솟는다
돌 틈의 샘을 찾으려는 듯
디디면 깨달음처럼 찾아오는 수도자의 고행이 스민다
돌담마다 조각조각 쌓이는 겸손이 눕는데
심사는 틀에 부어지는 주물이었다
합장 속에 형상처럼 찍혀 나오는 나의 맘이다
삼정헌에 무릎 구부려 둘이 마주 앉으니

창밖에 큰 그릇이 놓여 있다

나는 운기산에 찾아들은 낡은 육신이었다

두 갈래의 물길이 하나가 되는 두물머리를 응시하다

심장의 팻물은 헹구어져 퇴수기에 쓸모없이 내버려 진다

숙우에 담기는 찻물처럼

침묵의 시간을 품고 있는 나

말라 오그라진 찻잎의 잔주름은 무중력에 들어

연못의 연꽃잎처럼 노닐었다

다관을 기울이고

종지 같은 찻잔에 해우를 조금씩 담아내는 일

대웅보전 처마를 흐르는 공기는 연신 구릉을 적시는데

묵언의 눈빛이다

와류처럼 여운이 감돌았다

혀끝에 머무는 향취는 유유히 강물 되어 흘러만 간다

숨어 우는 새

사람이 길 떠나면 억겁 같건만
사계절은 어김없이 해마다 한 바퀴 회전을 한다
각본 없는 연출을 보며 객석에 저마다 앉아들 있다
차라리 그대를 돌 보듯 할 것을
철마다 끝자락에 누운 수심 깊은 연못에 발 헛디뎌
빠져버린다

심사는
산길에 튀어나온 나무뿌리 같지 않은가
성깔 사나운 구름 속 천둥 번개 같지 않은가
꽃 속에 박힌 꿀 같지 않은가
바닷가 해무의 가림막 같은가

공공장소에
낙서하지 말라는데 눈 속 망막에 들어와서는
위치 좋은 벽 어딘가에 휘갈겨 댄다
저 히스테리에 최면이 걸리고 있다
뒤를 생각하지 않는 이기적인 글쟁이의 장난질에
초가 삼 칸 빈대를 다 잡는다

옛 생각에

나뭇짐을 지고 장에 나가신다
저녁 무렵에
거나하게 돌아오시는 아버지의 손 빈 털털이셨지
등의 땔나무 석 짐은 술 냄새를 계면쩍게 피우는데
아이들 실망은 지게에 한 짐 쌓였다
어머니 장에 나가셔야 눈깔사탕 사오시재
어므이 다음 장에는 아부지 대신 다녀오더래요
어김없이
오일장이 오면 이런 흔한 상상을 하였다

우리 아버지
대폿집에 발걸음을 옮기신다
몇 분 연락하여 아름아름 모여드시겠지
봉분의 이불 걷어차시고 아침 일찍 마실을 나오셨다
주모 나 왔소, 그 소리 크게 치고 싶으셨던 모양이재
장날이 오면 장거리에 어슬렁거리시며 놀다 가신다

제4부

어머니의 손

만추

대추나무가 담장 앞에서
속 울음을 낸다
옷깃을 하나하나 벗어던지네
열증일까, 체벌일까, 착란일까
쓸쓸한 꾸지람에 매몰찬 회초리가 울린다
밤들 창가에 서서
파리한 광채는 가지마다 눈꽃 새순을 꺼내려 든다
물 한가운데 날아오는 낙엽들
연못 같은 심사가 묵상에 납치되어 고요와 침몰한다
창 멀리서 자동차의 기계음 소리가 스산하다
수심이 가라앉는 일체유심조 한그루에
초겨울 바람 부딪히어 흔들거린다
창틀에 기댄 팔꿈치 아래로 늦가을이 짓눌리며
꿈틀대고 있다

긴 꽃

전깃줄에 늘어선 서리꽃
긴 꽃송이
밤이 토해내는 숨이었을까
콧김이 날아 들어와
무게에 늘어지듯 가늘게 피었다
별난 꽃
길기도 하다
어디에 닿으려고 이리도
끝없이 피어났는가
바람은 감추려는 듯 시치밀 떼며 숨기려 해도
전깃줄은 비밀을 캐내려 호미질을 한다
이리도 기다란 서리꽃을 새하얗게 피워내다니
밤사이에 달동네 깨어진 봉창 틈으로
가슴 속 깊이 스며들었을 피로가
많이도 새어 나왔다

헉, 이럴수가 호떡이

못생겼는데 너 좋았다
노릇하게 잘 그을린 표정을 보니 매력 있다
기름 냄새가 설탕에 묻어
달곰한 아카시아 꽃향기 같았는데
비좁은 장마당에 호객하듯 짙게 날았다
사람들은 벌처럼 웅성거리며 모여들었다
누가 뭐랬나
20년 늘 투박하게 빚어왔다는 거야
원래 재주가 없단다
호박꽃이란 투로 주인은 대답하였지만
사람 눈을 속이지 못하였다
마력을 주무르는 저 솜씨는
속 깊은 내공이었다
이손님 눈치가 60단 이란 걸 저 아주머니는 모르지
사람은 그 경지에 반하지
쉽사리 가질 수 없는 솜씨에 이끌리는 거야
'원래 못생긴 게 맛있어요.'라고 말해주었다

돌무지

산기슭 오솔길 옆
돌덩이를 벼슬처럼 이고 사는
나는 돌무지다
지나가는 사람들이 자꾸만 머리 위에
관(冠)을 만들어 씌운다
나는 그저 자리만 지킬 뿐
다른 사람들의 다른 소원을 매일같이 받는다
어떤 이는 눈물이 글썽이다 간다
어떤 이는 환한 미소를 품고 간다
나는 그저 비와 바람과 태양이 벌이는 일들을
덤덤히 지켜볼 따름이었다
돌 틈에 지네랑 거미가 숨어서 살고
햇볕을 간간히 받으며 푸른 이끼가 돋는다
더러 세찬 골바람이 불어와
뉘 돌탑인지 간밤에 무너져 내린다
오늘은 낯익은 한 사람이 한참을 흐느끼다 간다
나는 그저 아무런 짓도 하지 않았다

저 끝에는

바다는 언제나 수평을 이루었다
파도가 사나운 것은
골고루 평형을 만드는 채의 흔들기다
강을 보고서 이제야 알겠다
물길이 굽고 쪼개지고 때때로 기울기에 아우성을 친다
아무래도 물은 흘러서 바다에 든다는 것을
큰 그릇을 갖기 위해 긴 여정에 놓인다는 것을
괜찮다
파도가 소란하게 지껄인들 어떠랴
우리 서러우면 실컷 노여워하자
분하면 요동쳐도 된다
뜻을 이루지 못한다면 목놓아 울어도 된다

어머니의 손

움켜쥐시면
눈물이 뚝뚝 떨어지나 봅니다
무얼 그리도 세차게 쥐어짜셨길래요
어머니의 차려진 밥상 위에선
나물들이 된통 꾹 짜여 버무려 올랐습니다
하루에도 몇 번씩 늘상 마주하시던 아버지
짜다, 싱겁다, 달다, 맵다, 습관처럼 타박하시니
움켜쥐시던 손아귀의 힘줄이
고통스러울 만큼 힘드셨을 테지요
내겐 그런 어머니의 아픔이 보이지 않았습니다
어머니는 나물의 뭉치 속에서도
자식의 사랑을 따로 챙기셨던 까닭이지요
꽃으로 어여쁘게 피어나고 싶으셨던 울 어머니
육신에서 황망히 연기를 길게도 빼내시더니
생전에 심으신
박태기 꽃나무 아래 새 둥지를 만드셨습니다
봄이 오면 분홍색 미소를 곱게 지어 보이시니요

나의 기억을 어여삐 닦으십니다
어머니는 예나 지금이나 사랑을
따로 품으셨던 모양입니다
여기에 눈물샘을 꾹 짜 놓고야 말았습니다

여우 등에 핀 꽃

보름 전이었을까

이른 아침에 첫눈이 진눈깨비처럼 뿌리던 걸 보았다

저녁에 사람들이 무슨 소리냐고 도통 모르는 표정을 했다

도로변에 주차된 자동차 중에 더러 눈꽃 외투를 걸쳤다

시골에서 나왔나 하려니까, 서석면이나 내면이 떠오른다

지구의 환경이 자꾸 오염되어 변질하는 탓이었다

두메산골은 아직도 눈발이 세구나 유추하였다

이른 새벽에 아내를 일터로 보내기 위해

춘천시외버스터미널로 향한다

간밤에 친구들과 술자리를 즐기는데

내일 새벽에 눈이 5㎝ 정도 내린다고 한다.

일기 예보가 어긋날 때가 있어서 와야 오는가 보다 했다

도로가 미끄러우면 불안하니까 걱정이 되긴 하였다

다음날 새벽에 일어나

집을 나와 자동차에 올라탄다. 차 유리에 눈송이가

살짝 뒤덮였다

2㎝쯤 되려나 쌓인 눈이 많지 않아 도로
상태가 괜찮을 거라 예측했다
와이퍼로 눈을 털어버리고 시동을 건다. 주차장을 나와
시내를 지나 고속도로에 진입한다
들과 산에 나뭇가지마다 눈꽃이 어스름한 아침을 열고
길 따라 어여쁘게 피어났다
역시나 겨울꽃이 제일이구나, 감탄사가 흘러나왔다
무생물도 따지고 보면 멋 부릴 줄 안다
저리 섬세하구나
지나가는 차들을 바라보며 우리는 첫눈의
터널을 쏜살같이 뚫고 지나갔다
까맣게 모르고 처음을 기다리는 사람들을 상상하노라면
올 때가 됐다는 중얼거리는 말소리가 귓가에 들린다
깨소금 같은 꽃향기가 솔솔 콧속으로 날아들어 왔다

마음으로 읽는 냄새

연꽃을 보노라면
꽃향기가 난다
잠시 코를 벌름거리려니 아무런 냄새가 없다
그러길래
가슴이 그의 멋을 들이마시는 중이었다
수타사 입구에 펼쳐진 연못에
연꽃이 가득히 피어났다
냄새가 그윽하게 날아든다
두 눈을 감으니
부처님 음성이 고막의 후각을 건드리며
어루만지고 있었다

금이빨

부모님 영 이별을 할 때
소중한 물건 놓고 가시나 보다
골목길 입구에 금이빨 간판이 매일 서 있다
부동자세로 일 년 내내 변함없이 기다리는 걸 보면
접이식 간판에 상념이 꺾인다
생전에 파안대소 웃음 넘길 때
그 반짝이던 물건 몹시 원하는 걸 보면
저울에 올려질 속내가 겨우 반 돈은 아니었을 테지
따지고 보면 자식 키우려 힘 얻을 때 쓰던 맷돌일텐데
아이들 성장하여 제 역할 하는 걸 보면
그 가치는 백지수표 아니었을까
호주머니의 이빨을 꺼내어 금 장수에게 건네주려면
그 마음이 지금 텅 비었을 것 같았다
그 다음은
눈물 한 방울 떨어져 얼룩진다면
그렇겠지
백지수표는 제구실을 하고 있을 것이다

딸기

상자에 담긴
저 아이들은
요람에 누워 꿈을 꾸잖아
볼에 장미꽃 붉은 사랑을 앓는 것 같았다
얼굴에 좁쌀 여드름 피어올랐네
모빌을 보는 아기처럼
기웃대는 사람들 눈 맞추며 방긋거리는데
새콤달콤 맛 향긋한 입술 냄새는
애교를 막 떨고 있다

축제 공원 나들이

장미꽃 가슴에 걸어놨다고
웃음 미끄러져 자빠질라나
심장은 빨간 루주인 줄 모르고 다들 사나
얼굴 색상 뒤바뀔 마술에 뒤뚱대던 발이 덩쿨에 걸렸겠지
앞에 콕 넘어지겠다
바람을 넣은 콧속에 향수 밀치고 들어와 쏟아졌는데
벌 나비 장미공원 오자고 했을까
남녀가 이끌려 와 아는 척하자는 일이다
테이크 아웃 커피 잔을 한 손에 움켜쥐고는
둘이 마주하는 눈빛의 섬광에 장미꽃이 불탄다
화단 사잇길로 사정없이 까불라치면
길 좁은 저들의 계략, 이미 잘 알아차리고 있지
그저 못 이기는 척 누리고 말면 되었다

킥킥킥

왠지 눈이 일찌감치 떠지는구려
오늘 아침 마누라 자는 옆에서
먼저 산 로또를 맞추려는데
만우절이 떠오릅디다
1등을 맞았다 하려다가 2등 맞았다
소리를 지르려다가
그만 포기하고 말았소
무심코 놀라서 벌떡 일어서게 될
마누라의 실망감을 생각하자니
차라리 꽝을 휴지통에
버려야겠다고 생각을 했소
하마터면 만우절 날 우리 귀한
마누라 간 떨어질 뻔하였소
분명 바스락거리는 인기척 소리에
며칠 전에 산 로또에
혹시나 기대가 걸려있지 않았겠소
잠결에도 귀가 쫑긋하지 않았겠소
실눈 뜨고 볼 건 다 보고 있지 않았겠소

고목화

꽃이 피어나면 한 번은 지고
가는 길 누런 잎으로 변해
수의 입고 땅에 누운 것 같고
새봄이 다시 찾아오면
여전히 새 옷 갈아입고 들에 나와 앉아들 있다
사람은 태어나서 마음을 꽃으로 피우고
나이가 차오를수록
매화의 고목과 같아서
해가 갈수록 피어나는 꽃의 심성이
동심의 세계를 소담스레 담아내었다
너무 걱정할 것은 없어라
시가 샘처럼 흐르는 그곳에
조금도 떠나지 않을 테니
자꾸만 거친 피부에 어리광을 온통 피우고 말리라

이렇게 살면 어떨까

공기처럼 살아가면 좋지 않을까
길을 가다 담 막히면 슬그머니 넘어가고
틈이 좁으면 유령처럼 몸 가늘게 새나가고
병 속 갇혀 오래도록 머문다면 뚜껑 열면 달아나고
답답한 가슴일 때 숨이 되어 차분하게 속을 드나든다
구름이 나무에 걸려 멈춘다면 바람 불어 건져주고
윈드서핑 제자릴 때 돛대 미는 순풍 된다
법당 촛불 무료할 때 가물되게 흔들어 댄다
아궁이에 불 지필 때 후후 부는 풍로 된다
그녀에게 속삭일 때 입김 되어 고운 귓불 간지른다
그렇게 사는 것도 참 좋겠다

설레는 요즘

글자를 모아 꽃물을 적시려니
눈이 간지러웠다
봄바람이 치근대듯 창을 치는가 싶다
벗님 오시려나 봄은 얼음장 밑으로
은밀하게 발소리를 낸다
슬그머니 밑장 빼기를 하네
어느 날 들길에 새싹 밀어내기 마술을 부린다
봄 햇살 튕기는 빛의 앙탈을 본다
왜?
있잖아
갑자기
밀치는 장난 같은 기운이
멀리 산 잔등에도 어른거린다

거미줄을 자른 겨울

칼을 품었을 거야
맺힌 것을 끊는 모습이 살풀이 같다
선무당 신명에 작두 날이 섧다
새벽이슬 머물다 간 자리에
불규칙하게 커지는 구멍들
어리숙하기는 무슨 물렁물렁함이 저리 엿보일까
어쩌면
그가 여린 마음이지
매섭게 온통 세상 얼리다가도
태양을 맞고 고드름은 진땀을 뚝뚝 떨어트리지
거미의 육신이 석고처럼 굳어가는데
아무리 사람 아니라 해도
애처로움에 잠길 텐데
저 엉성하게 끊어지는 거미줄을 보면
너의 심기가 무척 어수선하였구나

얼음

이 녀석이
속을 내어 보이고도 돌처럼 단단하다
겨우내 어깃장을 놓았던 것인지
물속에 넣으면 배처럼 둥둥 떠다니는 것이
알고 보니 속 빈 허세 아니었던가
봄기운에 반항 없이 제 살 녹아 내리는 것을 개의치 않고
따스한 배려에 한없는 감동의 눈물을 흘리는
물렁물렁한 순정파였다
그가 냉혈 했던 것이 아니라
우린 그의 본질을 읽지 못했다
돌 같다는 외형의 얼굴은 낯 표정에 불과했던 것
봄 들판에 새싹이 파릇하게 돋아 나온다
그가 사라지고 난 후에야 알게 되다니
그 견고했던 결의를…

원래 그랬다

겨울이 온다고 입동이 지났는데
보고싶음이 얼까
화덕에 들은 고구마 같겠지
군밤 파는 거리의 아저씨 손길 같겠지
가슴 속에 흰 손이 들어와
에비 심장을 굴리고 있다
새 둥지의 알이 수없이 뒤집히는데
그렇게 어벙하게 껍질 부수는 일을
처음부터 물기에 온통 젖어
솜털이 여리게 축축해져 있었던 것을…

오일장

이른 아침 시장통이 천막을 치느라 부산하다
보따리 여기저기 풀어헤친다
장돌뱅이 물건 진열을 하네
오일장이 다시 읍내에 와서는 사람을 설레게 한다
뭐 별거 있나 하면서도 별거를 찾게 되는데
더러 달라지는 것들을 보면서
장 구경을 이리저리 다니는 것이다
화초에 관심이 많으니까 꽃장수 앞에서 기웃기웃
먼저 보던 놈들이 있기도 하고
요놈은 처음 보는데 하면서 화분을 들어 살펴보곤 한다
가격을 물어보고는 보기보단 비싼데 속으로 햐햐 거린다
제는 이름이 뭐더라
먼저 장에 나와 살까 말까 망설이던 다육인데
이름을 까 먹었다
다시 물어보려니 미안한 마음이 들었다
매번 장날이 다 똑같네 하고 식상함이 일다가도
거리를 한 바퀴 휘 돌다 보면
처음 진열되어 눈길이 끌리는 화초와 같았다
새로운 것이 반가운 것인지 몇 가지 처음 보았네
장마당이 즐거운 한 마당놀이였다

시작

정갈하게 쌓여 있는 고요
분진 같은 소요가 앙금처럼 가라앉은 새벽
방석에 앉은 방안의 어두움
보공처럼 나의 전신을 감싸 안았다
숨소리 나직하게 파문이 일고
창밖 함박눈 젖히는 넉가래 질
뉘라서 스스럼없이 이른 세상에 길을 내고 있나
열쇠처럼 저 소리 귓바퀴에 날아들어 와 딸깍거린다
깔때기에 부어지는 인기척, 뇌 속에 흘러드는데
노크 소리 이만하면
두드림
새날이 시작되었다는 말 건넨다
나는 마당 같은 가슴에 조용히 걸어 나아가
대문을 활짝 열어젖혔다

제5부

아래로 간 사랑

일탈

고민하면서 살 거 없어
4월은 무조건 예쁘게 지내는 거야
벚꽃 비 맞으러 둘이서 산책하러 가는 날
봄비 내릴 필요는 없어
햇살 눈부시게 쏟아지면 된다
아지랑이 흔들릴 정도의 바람만 불어도 된다
꽃잎은 비 되어 머리 정수리를 치며 떨어지기에
이 기분 충분할 테니까
둘이서 꽃길을 다정하게 걷다가
눈빛 서로 마주치기라도 하면
굵은 벚나무 뒤로 빙 돌아가 가볍게 입술 맞추어도 된다
사방에 꽃송이 온통 팝콘처럼 터지길래
마음대로 봄을 훔치며 이달을 실컷 뭉개고 싶다

뼈

종아리를 주무르다
허벅지로 옮기고
그러니까
그 속에 만져지는 뼈
기둥 같다는 믿음
무릎에 이르러 접히는 관절
강한 것도 때로 꺾어야 한다는 이해
가슴을 더듬다가
비닐하우스처럼 온전한 집 한 채를 떠받치는 갈빗대
심장 머무는 거처다
목에 상하좌우로 구부리는 척추
볼 수 있는 각도를 모두 수용해야 한다는 것
머리에 손가락이 닿으니
게 껍데기 같은 투구
생각 덩어리 보호막이었다

단 2초만 기억하고 싶다

뒤돌아서면 깜짝 놀라게 된다
시공 이동한 당신을 보지 않을까
앞에 갑자기 나타난다
등이 쭈뼛하겠지만 늘 경이로울 것만 같다
어쩌다 다투게 된다
평생 단 한 번을 생각하며
여보 오늘 웬일이야 화를 다 내고
깜짝 놀라게 된다
옷을 차려입고 외출을 나선다
언제 사 입었을까
예쁜 모습이다
근사한 차림새에 설렘이 솟아 나온다
화나서 신경질을 부리다
잠시 화장실 갔다 돌아와 슬퍼하는 아내의 얼굴을 보고
여린 소녀처럼 측은해 보이기에
보호해주고 싶은 본능이 일지 않을까
그러고 싶다

방

문을 열며 들어선다
조용하고 텅 비어있는 곳
빈방에는 벽마다 문들이
여기저기에 나 있다
어느 하나를 열며
다른 방으로 들어서니
또 비어 있는 방이라
사방이 열 수 있는 문으로만 나 있다
열고 열기를 수없이
지쳐버린다
이윽고 천장을 바라보다
난관이란 생각 속으로 잠긴다
그곳에는 방문이 거꾸로 박혀져 있다
다만 다를 수 있는 건
딛고 올라서야 하는 무언가를
차곡차곡 쌓아 올려 주어야 한다는 것
그것뿐이었다

낡은 타자기

평생을 살고도 더 할 말이 많은가 보다
카페 구석에 나와 의자에 차분히 앉아 있다
쳐다보려니까 자꾸만 시비를 걸어댄다
수다를 A4용지에 마구 휘갈기며 살았다지
종이를 나란히 쌓으면 10층 높이는 될 것 같다지
너를 보는 순간 동공이 소란스러웠다
독경 소리를 적나라하게 시선이 긁는다
그리고 보니 움직임이 있다
연륜이 쌓여서 그런가 묵언을 자판에 두드리고 있다

콩나물

어둠의 저 능선 너머에
새싹이 뒤뚱거린다
아기가 불쑥거리며 발 뒤꿈치를 드네
정적을 뚫고 몸부림의 땀내가 비리다
키가 달팽이 걸음보다 빨라 보인다
이윽고 머리의 각질을 벗어던진다
옹기 시루에 둘러앉아 꼬마 알전구를 켠다
어머니 봉긋한 햇빛 가리개를 걷자
환하게 웃는 고운 얼굴들

애기똥풀

농장 한 구석에 있는 텃밭 가장자리에
애기가 똥을 누었다
덩이 덩이 여러 덩이
달력의 숫자 만큼이나 무리 지었다
오월의 한참 닳아 오른 봄 바람이
두해만을 허락하며 꽃을 피웠나
순하고 여린 것이 아지랑이와 다정하다
그늘에서도 피고 양지에서도 피었다
가까이에 다가가면 고약할세라
발끝에 채이면 맥없이 허릴 구부리다 꺾어지니
경기를 일으키듯 입으로 구역질을 토해댄다
업신여겨지게 마련 이지만
연약한 잡초라 하여도
흐차리 굴지를 말아야지
얕보기라도 한다면 독으로 뿜어댈 테다
노오랗게 똥물로 봉긋이 솟아오른다
귀하게 여기어야지
감춰 놓은 어머니의 손길을 가졌으니
그의 손이 약손이란다
아팠던 배앓이를 편안케 쓰다듬는다

아래로 간 사랑

깊은 밤이면 30촉 전등불 아래서
머리를 끄덕거리며 양말을 꿰미이시던
어머니를 보았습니다
편도선에 걸리어 앓아 누우면 군불을 때어 주시고
곁에서 이마를 짚어 주시던
어머니를 보았습니다
만두가 먹고 싶다며 칭얼대고 떼쓰면
허리춤의 요긴해 보이는 쌈짓돈을 풀어내시던
어머니를 보았습니다
문득
성장하는 내 아이들을 가끔 내려다볼 때면
부모의 마음을 전혀 모르는 듯하였습니다
자식이란 거
천하 고아가 되고 나서야
일 년 후에 배달 되는 느린 우체통처럼
눈물 젖은 편지 한통이 어느 날 갑자기 날아듭니다

경칩

봄 햇살 내리면
개구리
모자 대신에 풀잎 눌러 쓰고 올지도
입술 떨어져
봄바람에 놀라 한 곡조 불러댈지도
눈 부신 태양에
눈꺼풀을 거의 덮고 올지도
아내의 양산을 반쯤 빌려 쓰고는
화창한 날씨에 흥얼거리고
까만안경을 귀에 걸어
들에 걸어오는 듯하겠다
오늘은 물 만나는 개구리 마중하러 가야겠다

옹이

나무를 켜면
뼈가 드러난다
정제된 나이테 사이에 석화처럼 꽃이 피었다
땅속의 뿌리 단면을 들여다본 것 같다
단단하게 뭉쳐진 것이
시선을 툭툭 호미질 건다
불현듯
그러고 보니 목관에 드신 아버지가 떠올랐다
당신의 속 울음을 이제야 알겠네
응어리 가득한데 도저히 욱하기만 하시던 것을
흙을 가르고 아버지 몸 하관을 하니
그제야 삼베에 싸인 심지가 눈동자에 아련히 들어왔다
눈목자에 광솔 하나 콕 박히고 말았다

녹이 슨 못

장도리를 들이댄다
새 못이다
그는 성깔이 없다
매끈한 게 별 저항 없이 잘 뽑혔다
헌 못이다
쑥 뽑히지 않는다
검붉게 피부가 온통 까칠하다
그는 성깔이 있다
엔간하면 다 뽑히는데
힘을 쓰니 이놈이 대가리만 똑 떨어진다
못을 뽑아내다 성질이 나버린다
에라~이
그냥 마구 두들겨 패 아예 박아버렸다

가을꽃

한 송이 갸냘픈 꽃이
가을의 속내를 모두 담아내기에는
턱없이 부족하겠죠
흐드러지게 피어난 메밀꽃 사이에
어쩌다 한 포기의
코스모스가 피었습니다
주인장의 마음씨를 알 것도 같았습니다만
쑥 ~뽑아버린다면 온전하게도
새하얀 메밀꽃들이 천지인 것을 요
너그럽게 놓아주시니
코스모스가 안도의 숨을 고르며
자유롭게 하늘거린답니다
설마하니
씨앗이 수도 없이 열매를 맺는다는 사실을
모르고 계시는 것은 아니겠지요
내년이면 잡초를 제거하느라
손발이 굳은살로 배기도록 고생인 것을

모른 체 하시려나 봅니다
얼굴 표정으로 흐뭇하게 웃으실 것 같았습니다
조금은 모자랄 것 같은 가을을
그대로 채워주셨습니다

오줌

비틀대는 신사가
골목길 모퉁이에 기대선 것이
참회의 기도일까 숙인 고개가 경건하다
슬며시 풍겨오는 짭조름한 지린 냄새가
알코올이 흩어지는 중이었다
한쪽 다리를 쳐들고 서 있으면 딱 맞겠는데
담벼락에 머리를 처박고 씨름을 한다
미세한 오줌 가루가 튀어서
바지밑단에 얼룩지듯 들러붙는다
지나가던 개 한 마리가 꾸짖는다
다리 들어
척싸
솨~아

그렇게 굴런다

가을은 독서의 계절이라지
책은 원래 거리가 멀었어
이렇게 들이닥치면
산과 들을 꼼꼼히 가슴으로
읽는다
길가 황코스모스의 소란에 윙크를 날린다
갈대의 휘파람 소리에 귀 기울인다
새벽이면 이슬에 보습하는
들꽃의 속내에 그만
물끄러미 젖어버렸다
사람들아 꽃이 예쁘다 꺾지는 마라
그 곁에 서서 사진 한 장 찍고 가려마

누름돌

무거운 돌 몇 개쯤은 다들 가슴에 품고 살지
불쑥거리는 내용물을
누르려고 몹시 애를 쓴다
조금 방심하기라도 하면 상하니까
게을리 할 수 없는 까닭이었다
긴 세월 누름돌이 물들어버린다
재사용을 밥 먹듯 해야 하니까
햇볕에 꺼내어 잘 말려두려고 한다
꼭 그림자 끼인 표정이 남게 되는 것을 본다
살다 보면
왜 이리 가슴 한쪽이 부글거리며 끓는지
엑스레이 촬영해봤자 증세라고는 맑게만 찍히겠지
그저 본인만 알 뿐 의사가 모르는 병이다

오해는 마라

서로 사랑하자고
나무가 바위를
저리 껴안는 건 아니겠지
절대 흔들리지 말자고
서로 결속하자는 거겠지
차가운 너의 심보를 알면 누가 품으랴
움직임 없는 너의 뚝심을 알지
나무는
뿌리째 흔들리지 않으려고 파고드는 것일 게다

특별해지고 싶은 날이 있다

소요를 잠재우듯 소란이 이는 이 거리에 빠진다
금빛 태양의 미소가 소낙비와 같다
산 위의 표정이 실실거리기에 같이 따라서 웃는다
오늘이 바로 우리의 축제일
월례행사는 당신과 정하는 연인 고유의 권한이다
햇볕이 웃는 저 하늘에 밤에는 달님이 유유히 지나가리
살 비치는 구름은 틈바구니에 끼인 설렘이다
이 시간이 꼭 잉꼬의 특별한 무대와 같았다
빛이 눈 부신 날에는 까만 안경을 쓴다
을씨년스러운 몸서리가 둘 사이에 치근거린다
뿌리치지도 못할 당신과의 인연
린스에 머리카락 뒷물을 하고 꽃향기처럼 풍기는데
다정스럽게 물결치는 우리의 풍기문란죄 은근히 멋지
다

화장터 가는 날

까마귀 날 가리우는 하루에
날개 넓어 그런 것 아니었다네
삼삼오오 몰려드니
슬픔 모여 어두워졌다네
햇빛마저 놀라
흩어지는 산간의 웅성거림 있었네
굴뚝 연기 허릴 구부려 어깨에 기대어 눈물 흘린다
훠~이
울음소리 까마귀 떼 쫓지 말아라
가는 길 서럽다 벗 될지 누가 아는 가
예전에
쇠 절구통 뼈 찢는 소리 그리 단단했었지
그 녀석 참
제 어미 아비 가슴 찍어 못 박은 놈이었지
우리 엄마 뼈 빻는 소리 약하고 약하던 날
울음소리 목구멍 넘기기에
난 그래도 좀 나았소

나루터

홀로 노 저으며 어디론가 가도 될 것만 같은
길 끊어진 물가에 발길이 다다랐다
양수리 두물머리 나루터에서 행인이 기웃거린다
한적한 표지석이 고삐인 양 쪽배를 붙들고 땅에 박혀있다
어쩌면 찾아오는 이 하나 없어 저럴 것이니
누군가 미친 척 다가선다면
건너드려야 할 손님으로 오인하지 않을까
강물 위의 빈 배가 막 미끄러져 들어설 것만 같았다

끔방대

봉초를 눌러 담아야 제 맛인 듯
할아버지 시도 때도 없이 무료함을 끌어다
대통에 구겨 넣는다
조금 단단하게 다지는 걸 보리밟기하듯 하신다
마른 쑥에 모깃불 붙이듯 하신다
쌓인 세월 검불 태우는 듯도 하였다
설대를 통해 니코틴을 걸러 순화시킨 연기는
물부리로 빨아내 폐로 들이킨다
장치는 하나의 방편이고
사람의 삶도 어쩌면 골방에 들어 앉은 봉초 같았다
놋쇠 재떨이를 가끔 탕탕 두드리며
뜻 모를 회고의 장단을 맞추신다
요런 고얀 놈, 노여움에 늘 무기로 사용하셨다

제6부

물 위에 걸린 꽃

큰꽃으아리

산속 새소리 샘터에
나무 그늘의 양산을 썼네
피부가 그을릴까 두려워하네
숨죽이고 숨어 있으려니 무사할 것 같았는지
덜컹 놀라고 마네
술래에게 들켜버리네
어쩔거나
예뻐서 죄가 되는
이 가슴의 법망에 칭칭 걸려든 셈이지
가만히 뜯어보려니
들꽃 중에 추녀는 하나도 없더라

갓 난 채송화

이른 아침의 베란다
아기 웃음소리 들린다
햇살에 겨드랑이 간지럼을 탄다
아가 배꼽에 투박한 눈 입술 맞춘다
자지러지게 발버둥을 친다
요람에 누운 꿈 같았다
신생아실의 유리창 커튼 사이에
엿보이는 키 작은 채송화 아기가 가득하다
흙이 파이지 않게 분무
기로 물 뿌려주며 기도를 한다
부적을 곱게 접어 배냇저고리에 깁듯 한다
성장의 과정을 매일 지키고 싶다
꽃 활짝 피어나는 날이 온다면
화분을 통으로 안아주려고 한다

바위의 미소

무표정한 얼굴에
비가 퍼붓고 가는 날이 있다
눈 내려 꽁꽁 얼려내는 날도 있다
우박 쏟아져 흠씬 두들겨 패는 날도 있다
돌이 웃지 않는 것이 아니라
사람이 웃지 않았다
석공은 정으로 돌을 쪼아 댔다
각질을 떼어내듯 사방 돌조각이 튄다
바위 속 표정 걷어내는 일이었다
석굴암 본존불
송부암 미륵불
석공은 미소를 품고 살았다
바위틈에는 빗물이 고여 들기도 했다
측은도 있었다

세미원

손 등을 하늘로 향하면 도구가 바로 놓인 것일까
손을 뒤집으면 저리 연잎이 될까
무언가를 담으려 할 때 그릇을 뒤집어야 했다
어머니 쌀 씻을 적에 엎어진 바가지를 뒤집으셨다
연잎의 움푹한 곳으로
밤이면 별빛이 찬다
새벽이면 이슬이 굴러들어 와 별이 씻긴다
낮에는 햇빛이 쏟아져 차오르고
바람이 오가며 공기 한 대접 고여 들어 해를 품는다
지나가는 사람들 합장의 마음이 담겨 몹시 찰랑거린다
이 곳에는
연꽃을 담아내려고
너른 연못에 씻긴 채반을 연신 뒤집어 놓고 있었다

난 어디서 왔을까

아주 잘생긴 미남 미녀
너무나 예쁜 꽃
참 귀여운 동물
멋들어진 풍경
어느 날 그들을 마주치게 되면
자연스럽게 뇌까리는 말이 있었지
너, 어느 별에서 왔니
부러움을 한껏 던지게 됩니다
새삼 저를 살피게 되지요
나도 가끔은 어느 별에서 오고 싶어집니다
멀지 않은 곳이라도 괜찮아요
난 욕심이 조금 밖에 없으니까
화성에서 왔어요
그리 말하고 싶어집니다

물 위에 걸린 꽃

저 사내
호수에 쪽배를 띄워서 가네
사공 삿대질에
배 등으로 호수가 달처럼 뜨고 있구나
수련화
손톱에 봉숭아 꽃물 물들여 놓았네
물 위의 뱃길은
눈썹 닮은 초승달을 그려 내고 있었다
물 반사 표면의 연꽃잎 언저리에 앉은 잠자리
머리를 갸우뚱거리며 날아갈까 말까
꼬리에 망설임이 숨겠더라
사공은 잠시 쉬었다 가네
쭈그리고 앉아 삿대 쥐었던 손가락 사이에
담배 한 대 꺼내어 걸겠다
날이 저물면 어두움을 깨트리고 호수 위에는
뱃길 따라 달이 슬그머니 끼워지겠다

아마 그럴지도

개똥밭에 굴러도 이승이
났다는데
장모님이 자주 읊조리셨다
늙으면 어여 죽어야 한다는데
어느 말이 맞는지
분간이 안 된다
자식이 먼저 죽을 자리를 봐 두겠다면
미움은 바가지겠다
당신께서 들어갈 자리를 봐 두었노라
말할 때
위치가 참 좋다며 따라 동조를 한다
돌아가신 후에
집안에 풍파가 생기면
자식이 괜한 마음 고생할까 걱정하실지 모른다
아무래도
장모님은 미리 이승의 짐 챙기어
그곳에 가시려던 것 같았다

봄을 데리고 간다

재들이
길목에 떡 버티고 있는데
손목 낚아채면 어쩌시게요
넋 놓고 들에 나가지를 마오
병아리 어미 닭 줄 맞추어 쫓아가듯
길가에 개나리
올망졸망 바람에 뒤뚱거려요
개나리꽃
일렬로 피리소리 뒤따라 나서려 한다고 봐요
개울가로 데려갈까요
아니면 연못가로 갈까요
공원이면 어떻고요
우리 집 거실은 괜찮을까요
지나가는 길에 누군지 모를 대문 우편함에
몇 대 꽂아두면 될까요
오해의 꽃도 한 아름 피어나면
은근히 두근거리겠지요

등대

방파제 끝에
등대가 서 있다
막다른 길의 끝은 끝이 아니었길래
사람들은 끝자락에 등대를 세웠다
칠흑 같은 어두움 속에서 불꽃을 여전히 지피고 있는
혹시나 모를 미로 속 조난자를 위하여...
사람들이 무관심한 것이 아니라
절망에 빠져 사람들이 보내는 신호를
그가 읽지 못하는 것
그런 것 이니냐
끝이라 단정 짓는 곳에는 여전히
찾아갈 방향이 도사리고 있다

심(心)

그대여
곁에서 누군가 영원히
머물기를 바라는가
지나가는 길에 잠시 머무름을
반가움으로 기뻐하렴
마음은 물처럼 그릇에 담아둘 수
없는 것
때론 반 역학을 한다
그 또한 필요에 따라
자신의 인연을 찾는 법이다
그리하여 기우는 곳으로 자꾸
흘러가려 하는 것이니
고이는 웅덩이가 그의 거처다
붙잡지 말렴

걸리적

예전에 없던 일이다
군대에서 휴가 나온 아들 녀석이
소파로 거실 바닥에 드러누웠다
부모는 갑자기 개미 신세가 되었다
팔자에 계획되지 않은 일이었다
행위예술을 하듯 가로누워 전신으로 선을 그으니
개미 행렬이 발바닥에 문질러져 맥을 끊긴 것 같았다
방향과 위치를 잃는다
예전에 자연스럽던 일이
둥지를 떠났다 돌아온 반달곰 한 마리의 생태가
이전에 없던 일을 만들어냈다
거실 바닥에 나뒹구는
노트북 핸드폰 이어폰 수첩 알 수 없는 작은 병
그물망 같은 전선들
비무장지대에 있음 직한 대인지뢰가 수두룩하였다
그런데 아이가 떠나가고 나니
호리병 같은 배낭에 잡동사니가 빨려들어 간 듯한
거실엔 예전에 없던 황량한 바람이 잔상을 쓸고 있었다
걸리적거렸다…

꽁꽁 축제

가을을 지나
겨울로 들어서려니
화양강이 덩그러니 홀로 남았더군요
쓸쓸함이 미안하다
선물처럼 남았고
계절은 또 미련 없이 가버립니다
사람들은 놀라다 못해 굴삭기를 가져다
강바닥을 열심히 파 뒤집었네요
봄부터 가을까지
새겨진 추억의 문양을 찾으려는지
둑을 쌓고 물을 논처럼 가뒀습니다
수석을 건지려는 건지
사금 채취를 하려는 건지
어지간히 부산하게 소리를 냅니다
멍석을 한마당처럼 넓게 깔았는데
동장군을 불러 칼바람이 춤추게 부탁하여
빙판이 매끄럽게 놓였습니다
인삼 송어를 가득히 부어 가두리를 합니다

많은 사람이 들어와 놀다 가라고 손짓을 해요
낚시 구멍을 수없이 뚫었습니다
저마다 미끼가 달린 굽은 바늘을 넣어
송어에게 희롱을 하지요
여기저기에 웃음과 탄식이 절로 터져 나오게 합니다
어쩌면 사람들은 허파에 겨울바람이 들어
뻥 뚫린 것인지 모른답니다

그대가 원한다면

누군가에게 별이 될 수 있다면
먼동이 트는 끝까지 반짝이겠네
달을 배경 삼아 밤을 밝히고
휘청거리는 외로운 사람의 길을 열겠네
구름에 들면 쉬어 감을 꼭 깨닫게 하리니
누군가에게 꽃이 될 수 있다면
봄부터 가을까지 들과 산에 꽃 대궐이 되겠네
겨울엔
눈물 뿌려서라도 얼음꽃이 되리라
앙상한 나무에 서리 피고 달 뜨는 창에 성에가 되고
누군가에게
태양이 되고, 바다가 되고, 하늘이 되고
간절하게 곁을 바라는 이 어디에 있다면
그곳에 거침없이 달려가 벗 되어 머무르겠네

간절할 때

물 속에 잠긴 달이
오늘은 유난히 푸르다
손으로 건지면 만져질까
꺼내어 닦아주고 싶다
유난히
유난히 라는 말이 물처럼 흐른다
달이
여울을 구르는 소리
귀담아 들어줄 시간을 만들어야해
종이배 띄우며 불안을 타고 유랑하는 것
달 속에 마음을 넣으면 강 물에 곱게 씻겨지겠지….

봄을 기다렸다

지나간 가을에 씨앗을 심었지
수풀은 산야에 마늘 종자 파종하듯 하였다
겨울잠을 재우려고 했어
그래야 예쁘다고
고운 꿈 꾸라 해서 였어
혹여나 눈보라에 쫓길까 근심하였지
얼음꽃을 가끔 피우길래
눈물의 결정체 같았다
험한 꼴에 놓였을까 하루하루가
가슴 졸였다
기우였어
이렇게 곱게 사랑스러운 얼굴이 피어나고 있구나
어느 아이는 곁에 오래 머물라고
꽃향기가 나
요즘에 그러한 광경이 슬그머니 동네 주변에 된통 왔다

연등의 소지가 바람에 흔들린다

사찰 입구에 연등이 즐비합니다
그러고 보면 다들 아무 신음을 내지 않고
살았나 봐요
사월초파일이 되면
무슨 소원이 저리 많은지
그러고 보면 그동안 참고 지내느라
모두 고생하셨을 겝니다
속이 숯덩이가 되었는지 아무도 숙덕거리지 않았습니다
다만 짐작하며 살펴봅니다
오늘만큼은 저들을 대신하여
연등 숲 아래서 기도 공양하는 스님이고 싶었습니다

쓸모없을 때

삽질을 하다가
예리한 날에
두 동강이 난 까치독사 한 마리를 본다
밭고랑에 이리 숨을 곳이라도 있었을까
의문은 순전히 나의 몫이 되었다
검정비닐을 덮다가
흙과 함께 나뒹구는 머리 없는 몸뚱어리를 본다
혹시
땅굴이었겠지
어린 녀석인데…
성체였더라도
삽질을 피하기란 어려웠을 것이다
은밀한 곳이란
그들에게 비장한 삶의 기술이지 않은가
그마저도 어느 날은
아무런 기능을 발휘하지 못하고 무용지물 신세가 되었다

길

길은 가다가 굽고
또 곧게 가다가 굽는다
처음부터 쭉 곧게 뻗기만 하는 길은 없다
새만금 방조제 길을 달려가다 보면
아… 바로 이 길이었구나
하였지만 결국에 굽어 이어진 길을 가야 했다
곧은 것과 곧은 것이
서로의 다른 방향으로 가고 싶어 함을 알았다
저기 다른 곧은 길에서 달려오는 사람이
내가 달려가는 곧은 이곳으로
오려 하는 것이다
판과 판이 휘어진 이곳에서
그러기 위하여 차는
원심력에 상응하는 기울기를 가져야 하고
나는 원하는 만큼의 운전대를 돌리며
앞바퀴의 각도를 틀어주어야 했다

벌력천

강 돌멩이에 물새 노니네
화양강 모래밭을 유심히 바라다 보니
사람들이 여름을 노닐고 있다
조약돌인지 알인지 분간하기 어려웠던 옛 시절에
물새 둥지를 찾으려 무던히도 헤매던
어린아이의 꿈이 그립다
깨어진 퍼즐의 뺨이라도 만지면
각성제처럼
하나 둘 기억이 되살아 난다
물가로 날아와 발자국을 새기고
머리를 까딱거리며 먹이를 쪼을 때
물새를 새장에 가둬보려고
몹시도 집착을 했다
잡힐 듯 그러다 멀리 날아가 앉는 새를 보다가
집으로 돌아가야 했다
날이 저문다
제방위에 벗어 놓은 옷가지를 챙겨 입으며
미련에 여러 번 고개를 돌리며 가던
아이의 정겨운 놀이터 벌력천이다

자기장의 법칙

베란다 정원에
다육식물이 자란다
해 들어오는 방향에 인력이 들어있나
고개가 점점 창 밖에 기울어 간다
너에게 해바라기 지문이 문신처럼 박혀 있구나
너의 유전자를
동경하려는 것은 아니다
사람은 표정의 낌새를 전혀 드러나지 않게 지낸다
열 길 물속은 알아도 한 뼘 사람 속을 모른다고 말한다
이 깊은 곳에도 자성이 감춰져 자꾸 어디론가 향한다

제7부

들길 따라서

괜히 불안타

개구리가 헤엄을 치는 일은
삶의 한 기술이다
땅 위에서 폐로 숨을 쉬지만
물속에선 피부가 허파를 대신하는 거였다
혀가 점성이 좋고 길어서 곤충을 순식간에 낚는다
개울 가의 소로를 가다 잠시 멈추었는데
납작한 질경이 위에 개구리가 앉아있다
머리 위에서 파리가 겁도 없이 날아
몇 마리 알짱거린다
눈알 옆으로 개미가 덜컥 기어가기까지 하네
웃는 거야
하도 어이없어하니까
개구리 입꼬리가 위로 올라가는 듯했다
철없는 두 종을 보다가
왠지 불안, 불안하였다

어깃장

시 한 편 쓰려고 보면
멍함이 먼저 다가섭니다
싫다는 데도
어느새 옆자리에 와 앉지요
시선을 돌리려다 마주치기라도 하면
참으로 막막합니다
기막힌 상황을 탈출하려고
때로 창밖으로 넌지시 먼 산을 바라보지만
뚫리는 것은 없어요
그저 묵묵히 반전을 기다려야만 합니다
퀭해져 있다가도
몽롱하게 졸음을 견디기도 하고
노트에 볼펜이 몇 자 적어 내리다가 그 자리에서
또 멈추고야 맙니다
어쩌지요
먹먹한 이 증세를
가을 고뿔이 아니건만
가슴으로 옵니다

들 길 따라서

길가에
시선을 여미는 꽃 더미
소꿉놀이
소쿠리에 놓인 꽃지짐 같다
돌 틈에 솟아난 소박이 꽃 대에
고명처럼 흰 나비 단아하게 앉는다
봄이 훼방하듯 입바람을 불어댔나
검불처럼 날개가 허공에 날리운다
잠시 눈요기를 하려는데
너 나빴다

돌멩이와 사람

바다 한가운데 돌을 던진다
수면을 깨트리고 자취를 감춘다
물보다 비중이 큰 데다 부력의 구조가 아닌지라
중력의 당김에 속수무책의 처지가 된다
자꾸 아래로 간다
10m 깊이마다 1기압의 압력이 상승한다
그에게 귀가 있다면 코를 막고 폐의 공기를 밀어내어야
찌그러드는 통증을 막는다
유스타키오관을 통하여 고막을 밀어내어야 견딘다
돌은 바닥에 닿는다
심장이 있다면 질소가 혈액에 쉽게 녹아들어 간다
환각 증세를 일으키려 할 것이나 돌과는 무관한 일이다
사람은 잠수병에 신경을 곤두세워야 한다
만약에 내가 저 바닥으로부터 탈출하려고 부상한다면
역으로 기압은 하락한다
물체는 저변과 공평하게 동화되어 있던 것이다
침몰과 반대로 안으로부터의 팽창에 대항해야 한다
턱관절의 근육에 힘을 가하며 고막을 안정시킨다

감압 수심에 도달하여 체류하며 충격을 완화해야 한다
돌과 반대로 사람은 반응에 철저히 노출되게 마련이다
소홀히 하면 무사하지 못한다
생명은 영역에 자유롭지 못하다
가라앉은 돌을 꺼내와 뭍에 다시 던져 버리면
그는 처음 물속에 빠지기 전의 모습 그대로일 뿐이다

이 곳에는

쪼그리고 앉아 일을 보다가
지독한 것들이 살을 열고 쏟아지는 것을 본다
순한 것들을 잘게 부수어 입에 넣고는
출구가 있다는 것은
어떤 윤회일까 침묵에 잠긴다
누런 표정을 하고
배설된 것들이 독 안으로 모여들었다
지금 무덤에 정중히 참배가는 길이지 않은가
천장의 거미줄에 매달린 곤충에 시선이 멈추고
죽는다는 난처함에 실이 감긴다
밑창에 눈을 옮기다 꿈틀거림에 잠시 머문다
저 속에는 살아가는 누군가 있었다
저들에게 나의 배설물이란 순한 먹을거리고
그러고 보니
생을 살아가기 위하여 피와 땀이 얼룩진
지독한 것들을 입에 넣어 왔다는 말이 되는데
뱃속에 흘려 독소를 제거하는 꼴이 되었다
저들은 이 곳에서

요람의 삶을 설계하고 있지 않은가

들숨이 코 막히어 고개를 젓게 한다만

쉼 없이 살풀이하듯 사(死)를 역으로 풀어내고 있었다

때가 되면

어디론가 기어오르게 되고

비밀장소에 들어가 변태의 과정을 모색하게 된다

긴 꿈을 꾸다가

고치를 찢고 잠이 깨이다가

날개를 펴다가

파리는 하늘을 향해 날아간다

나른한 늦겨울

연탄난로 하나 있는 점포에는
주전자 하나쯤 얹고 산다
맹물 끓일 수도 있고
대추, 생강, 결명자, 오미자, 감초, 넣기도 하고
가게 안 공기를 달짝지근하게 졸여댄다
좋은 생각 떠오른다는 것이
보습을 하고
건강을 챙기려는 것이다
두 마리 토끼 쫓지 말라는데
겨울 난롯가에는
의자에 앉아 두 손 허벅지 사이에 끼워 넣고
세 마리 토끼에 허둥댄다
졸음을 몬다
게슴츠레 고개 끄덩이며 들판의 봄을 쫓고 있겠다

옛날에

문창호지 밖, 어른거리는 겨울나무 손
어스름
격자 얼굴에 달빛이 머문다
깊은 밤 뒤척이다가
어수선하여 일어나 앉으니
12월 보름달이 환하게 스며들고 있다
깊은 밤 군밤처럼 익어가고
잠시 유리 창문 커튼을 열어 세상을 살피니
닥나무 얼굴의 엷은 피부에 달빛이 머문다
잊을 수 없어라
마루에 몽달귀신 요강에 어른거리던 두려움
풍선 같은 방광을 부여잡고 발을 새끼처럼 꼬아대던
아이의 공포가 귀엽게 다가왔다
옛날 옛적 새벽에
처녀가 소복을 입고 장독대에 걸터앉았는데
손 각시 긴 머리칼 풀어헤치고
푸른 눈빛마저 감돌며 손짓을 하던…
푸흣~
그리움이 달빛에 슬그머니 내려오고 있다

동행

먼 훗날
혹시나 이곳으로 지나갈 때면
우리 언제 여기에 오지 않았니
그렇게 말했으면 좋겠다
공원 산길을 따라
손을 꼭 잡고
오랜만에 함께하는 시간을 보냈지
푸른 호수의 미소가 불어오고
솔잎 사이로 소곤거리는 밀어를 들었지
목이 말라 와 카페에 들러 팥빙수를 먹었지
먼 훗날
뒷동산 산책로에 놓여진 의자에 앉거들랑
우리 탄금대에 놀러 가지 않았니
누군가 물어보다 함께 웃을 수 있었으면 좋겠다
솔가지 사이로 예전의 그 이야길 전해 들었으면 했다
그 때에도

어찌하여 애처롭더냐

우리 집 베란다에는 화초가
단아하고 속 야무진 분위기를 알렸지요
홍 동백이 한그루 있었습니다
꽃이 졌나 하면 아직도 매달려 웃고 있어
참으로 오래도록 피었더이다
어느 날 바닥에 툭 떨어진 꽃 한 송이에 시선이 자빠지고
여전히 생생한 자태에 측은지심이 엎어집니다
낙화를 들다가 묵직한 무게에
또 한 번 더 놀랐습니다
이렇게 무거운 눈 초점을 품고 오래도록 버텨내다니
연민이 아니고서야 불가능의 일이라 여겼습니다
베란다의 창문을 열고 들어선다는 것이 그만
정염의 꽃에 뜨겁게 가슴 깊이 속살을 데었습니다

계절은 사기꾼 같기도 하다

머지않아
막 달아나고 그럴 텐데요
새끼손가락 걸며
언약일랑 너무 깊게 새기지 말아요
콩깍지 벗어져 실망하기 십상이요
봄은 그러다 여름을 만나 시집을 가요
자드락비 사나운 걸 보면
눈물이 황톳빛인 걸 알아요
살림은 하나의 전쟁 같았습니다
웃다가 울다
울면서도 웃는다
실성하지 않고서야 어찌
저리 볶아댑니까
가을이 되면 후회인지 부끄러움인지
붉으락푸르락해요
착 가라앉는 이슬의 무게를 이파리는 못 견뎌냅니다
쪽지마다 불면의 감정을 훌바르고는
그리고는 하얀 겨울의 성문을 열며 얼룩처럼
이별 쪽지를 던지고 사라집니다

빨래

정성어린 표현 같았다
차곡차곡 잘 정돈되어 있다
샤워를 마치고
변함없이 속옷과 양말을 갈아 입는다
섬유 유연제 향이 꽃처럼 굴고 있다
새 것이 필요해서 수납장을
열라치면
갈음 옷이 우편함에 꼬깃꼬깃 구겨 넣어진
편지 한 통 같아 보였다
매일 아내는 신랑에게 사랑의 알림 편지를 쓴다

감동

소주 맛이 이럴까
한 종지의 유리잔에서
찰랑거리는 마력인데도…
글맛이라서
가슴으로 취해버린다
안주도 곁들여지고 있네요
미간으로 전율이 파르르 떨려옵니다

상사화

그러고 보니 알몸이네
불덩이 솟구치듯 하네
물 뿌려야 아무런 소용없을 듯하네
속으로 뭉친 용암 같네
시선 던지는 자에게 덩달아 불똥이 튀나
누가 성냥불 확 그어 달랬나
멀쩡한 사람 마주치면 심술이 돋나
얌전하게 굴면 그 열병 몰라주기라도 하나
매일 타버리면 어쩌자는 건가
눈물 없는 걸 보니 골이 깊은가
포기하기가 그리 어려운가
고개를 숙이는 법 없으니 독이 바짝 치받치는가

접시꽃 여인

가끔 상상하던 이상형을 길에서 만난다
늘씬하게 자란 키에
머리에서 다리까지 풍만한 곡선이 능선처럼 흐른다
불그레한 홍조에
분내 풍기듯 색조 화장이 곱다
저 여인의 허리를 당기고 싶은 충동이 자연스레 인다
시선을 끌어 몸을 기대는 솜씨는
지르박의 발 박자를 밟는다
후진을 하다 전진하여 어깨에 몹시 다가온다
삼각 춤사위에 팔을 당기면 밀착하여 제자리 돌기를 한다
어느 사이에 이 품속 깊이 파묻히고 있다

풍만한 꽃

이 꽃들은
바다를 품고 사나
소쩍새 우는 야심에 그들의 격정이 뒤범벅이다
파도는 콧속 갯바위를 몹시 때린다
미립자 탈곡기를 밟는다
밤꽃 바다에 가까워질수록
소금기 짙은 해초 냄새가 비리다
온통 세상을 어지럽히고 있다
밤나무 곁에서
향기에 취하고 있다
방파제 끝에 서 있는 등대의 격이지
저 깊이에 덩그러니 빠지고 싶은 심정이다
조난신호를 보낸다 해도
지나가는 배 한 척 없는 곳에서의
곤란함에 사무치려는 것이다

올챙이 국수

옛날 배곯던 시절이었다지
강원도는 벼농사가 힘들어 옥수수 재배가 많았다
배고프면 알곡을 갈아 채에 걸러서 죽을 쑨다
소쿠리나 구멍을 낸 용기에 담아 찬물 함지에 내린다
물속에 떨어져 굳는 모습이 올챙이 같다 하여 붙여진
이름이다
홍천 읍내 중앙시장에
올챙이 헤엄 잘 치고 있다
어구를 집어넣어 쌍끌이 그물을 끈다
그릇에 떠서 담았다
식탁 앞에 앉아 파 숭숭 고춧가루 마늘 들어간
양념간장을 친다
훌훌 말아 입안에 떠 넣으니
시원하게 푸딩처럼 넘어간다
아이고
씹히는 게 없다
양념 맛이구먼, 아무래도 좋다

커피가 흐르고

다정한 사람을
만나거든
나 커피 한 잔 대접하리
서로의 정을 휘저어 섞는 데는
이만한 것 또 없으리
시간이 유리창으로 들어와
입과 눈 귀에 걸리고
설탕 한 스푼 맴돌다 목구멍 어루만지네
사소한 일상이
디저트 쿠키처럼 접시에 놓여 바삭거린다
엉덩이를 털고 일어서 문을 나서는 일은
맨 마지막의 결과
어느 사이 훅 써버린 웃음에
타고 남은 아쉬움이 휑한 돌개바람 일으켜
의자를 밀고 자리를 떠난다

한발 앞서기만 하네

마음은 늘 먼저 간다
진열장 옷 신상처럼 그리
요사부린다
계절이 창밖에 진열되어 있길래
시선은 늦여름 비를 매만지다가
성급함은 벌써 가을로 간다
아니다
겨울 눈 속에 파묻혀 길을 잃었다
계절은 덮치는 것이었다
숨 막히게 짓누르기의 달인처럼 설친다
퇴로를 자꾸 열어두었길래 맘은 들어선다만
독 안에 들게 하려고
토끼몰이를 한다

눈물이 겨운

사람이
오고 가며 수없이 걷어차일 것 같은
계단의 언저리 틈에
고들빼기 꽃이 피어 있다
씨앗 주렁주렁 맺고 있다
누구 하나 꺾지 않고 지나치다니
자식 사랑 꽃보다 아름답기 때문인 것
같았다
울 엄마의 생전 모습이 돌연 떠오르고 있다

잘 있으라 편지를 쓴다

까만 글씨를 흰 종이에 정갈히 싸서 우체통에 집어넣는 일
변하지 않는 심경을 고스란히 그녀에게 전달하려는 헛일
가을밤이 마당 구석에 연기를 피우며 눈시울 맵게 하는 일
심야에 덜컥 잠이 깨어나 주섬거리며 쓴 글을 확인하는 일
애를 태우고 조심스럽게 그대에 파묻히려는 간절함이다
가을은 고즈넉하게 깊어갈수록 온통 갱년기처럼 굴었다
화끈거리는 체온의 변화에 낯빛이 붉으락 노르락거린다
우편배달부처럼 바람이 쌩하게 달려와서는 노크도 없다
눈 속에 낙엽을 수없이 밀어넣고는 태연하게 사라져간다

제8부

뿌리의 외출

귀여운 손버릇

카페가 강을 끼고 물가에 얌전히 앉아 있다
출입문을 열고 둘이서 나란히 들어서게 된다
지나가는 길에 차에서 걸어 나와
저들의 속 내력에 안기고 있다
빵과 차 두 잔을 챙겨들고
이층 창가에 올라서 마주 앉는다
흐린 하늘이 물위에 내려와 슬그머니 떠내려간다
여전히 구름도 가을을 탄다
한 쌍의 청둥오리가 강가에서 다정을 흔들어댄다
테라스에도 두런두런 사람들의 속삭임이 무르익는다
약한 바람에 낙엽이 비틀거리며 떨어지고 있다
우리는 한참동안 말을 섞으며 수다를 모두 방전시킨다
나가자는 아내의 눈짓에 무사히 현장을 빠져나오게 된다
아무도 모르게 손님은 도둑님이 되어 훌쩍 달아나신다

불효자식

술병의 빈 것을 보다가
내심을 잔에 나누어 따랐을 것이리
텅 비어 있으니 황량하기도 하다 삼키면
혈관을 따라 알코올은 흐르고
석유풍로 심지처럼 야금거리며 산소와 함께
산화했을 것이리
아이들을 보려니까 하나같이 잔이더구나
매일 애를 들어 술 붓듯 가슴 기울이며 사람이 산다
아버지, 어머니 야위어 별세하시던 날
목메어 남모르게 서글픈 울음을 삼켜야 했다
기를 토하여 살리고 싶어 했건만
받지 못한 설움만 하염없이 심중에 차오르고 말더라
내광에 하관 하여 보공처럼 회를 다지는 일
목소리 곧추세운 아재의 선소리가 처량도 했었다
피뢰침에 떨어진 달구질 후렴 소리만
횟대를 치며 땅속 깊이 전류처럼 선 타고 흘러 들어갔다

연꽃

한 마리 애벌레
변태의 껍질을 부수고 나왔다
연잎에 고요히 앉아 있다
금세 날아갈 듯 연 나비 바람에 꿈틀거리고 있다
공기를 치는 공력에 주위가 찬란하다
광선이 굴절된다
연분홍 뺨의 미소가
후려친 화살처럼 시선을 뚫고
깊이
쏜살같이 날아 들어왔다

주머니가 여의치 않네

돋보기를 쓰고 작업을 하다
무심코 밖으로 나가니
세상 사물의 초점이 뿌옇더군요
이런 이런 노안이 심하게 진행되는구나
세월의 무게에 주눅이 들려니까
아차, 그러니까
안경을 바꿔 쓰고 나왔어야 했었습니다
정신머리 하고는 엿 바꿔 먹었는지 자주 이런 식이니
다 초점 안경이 아니던 걸요
하나 맞춰 써야 좋을 텐데 무척 비싸더군요
아내는 난시라 그걸 썼는데
생활이 편리해서 필요하다고 말을 하네요
당신도 하나 맞추라는데, 이궁, 사정 잘 알면서리
남편 생각해주더군요

구절초

물빛공원 수면 위에
산 그림자 슬그머니 앉았나니
공작산 저수지 소로를 따라
가을 햇살 속절없이 눈썰매에 올라탔다
기울어진 운동장에 꽃잎 미끄러져 달려온다
태양의 티끌 탓에 눈시울 들이닥쳐 느닷없이 서러웠다
벌 나비 부산하게 날개 소란 일으키네
아이야
염려치 말아라
창을 닫고 내심의 적막은 그대 품에 홀로 감기었나니
꽃 속에 빠진 눈동자는 갈 길 잃어 방황한다
폭설도 이만하면 산사태다
오도 가지도 못할 곳 이리
벅차오르네
여기에 털썩 주저앉고야 말겠더라

계절의 끝자락

항상 곁에서 피어 있는 꽃

당신의 체취가

나비처럼

코에 날아와 앉는다

향기 옅은 꽃 한 송이와 같아서

귓바퀴에 꽂고는 느리게 오솔길을 걸어간다

고막에 눕는 나뭇잎의 기척은

속내에 밟히어 바스락거린다

산사의 원통보전 처마 단청이 가을 단풍잎처럼

눈 속에 무리지어 떨어져 나부낀다

엎어진 쇠 종지의 탁발 소리는 물기처럼 흉부를

적시는데

겨울을 던지는 산 그림자 돌팔매질에

살얼음처럼 눈시울이 깨지고 있다

너무 서럽지 않으련다

눈꽃 피는 세상을 만나러 우리 가는 길이다

어찌 된 영문인지

수면에 사물이 비치는 일은 별거 아니다
공공장소처럼 누구라도 쉽사리 들락거린다
문 열 필요 없이 쓱 그러면 된다
바람이 잔잔한 날은 투영이 선명하다
잔물결이 표정을 찡그리면 아무라도 비추지 않는다
하늘이 연못을 마주 보고 물 같지만
누구라도 저 속에 갔다 나오질 못한다
왔는지 갔는지 도통 안을 보이지 않기 때문이다
태양이 떠서 종일 지나가면 그가 웃는 줄 안다
먹구름이 몰려와 비를 뿌리면
그제야 심기 불편함이라 여긴다

업보

마음을 비우는 일이 그릇 같지 않아서 애를 먹는다
더러워지면 속 버려 잘 닦아 선반에 엎어 놓을 수도 없다
소 발굽에 밟혀 목숨을 잃는 벌레는 아냐
양심의 뒷걸음질에 멍 자국만 늑골 바닥에 탁본이 된다
가끔 가슴이 혼탁해지면 산사에 찾아 간다
기와불사 공양을 한다
법당에 엎드려 손바닥에 고인 오염수를 뒤집어 쏟는다
하산을 하고 집으로 되돌아가는 길에
번뇌는 샘 솟아 유리병 같은 심기에 담겨 역한 채취를
다시 풍긴다
이래저래 업은 과보에 들어 신열이 몸살 같았다

뿌리의 외출

대문을 박차고 나온다는 것이
그만
허공을 열었네
발 헛디디며 추락하는 줄 알았네
다행이었지
바위가 꽉 붙들고 놓지 않았다
빈 곳은 자유롭지만
도대체 몸 기댈 곳이 없었다
다들 뚫고 나온다면 끔찍하겠다
고민하고
짐이 무거워도
열심히 땅을 캐고 살아가야 했다
그 맛이 좋았지
존재감이 있었던 거야
나뭇가지에 잎이 나고 열매도 맺을 수 있다
산소를 만들어 봉사하기까지 한다
그러길래
어렵사리 제자리에 돌아서 왔다

고추벌레

우리 장모님 별명이
재미나지요
방안에 홍고추를 잔뜩 너시고
매일 새벽까지 손질하였지요
웅크리는 모습이 자벌레를 닮았어요
늘 그 곁에서 쓰러져 잠드셨어요
걷어내는 수분은 하나의 기도였어요
보일러 열기가 후끈했지요
아침에 방문을 열면 코가 맵고
눈물이 찔끔 돌았는데
측은해서 그런 것이 아니었어요
저 속에서 누에고치 번데기처럼
꿈틀거렸지만 안쓰러웠던 건 아니었어요
손가락 마디는 땅콩 껍데기 같았어요
허리둘레는 22인치나 될까
미스코리아에 출전하면
진, 선, 미 중의 하나는 따놓은 당상이지요

미녀는 잠꾸러기였구나 생각하려니까
캡사이신이 눈꺼풀에 끼어 들어와
눈물샘을 꾹 누르더군요
별말 없이 찡긋 웃으며
방문을 닫곤 하였습니다

수타사 계곡 풍경소리가 맑다

늦가을 풍광이 네 분 우정을
돌돌 김밥 말이 하였더군요
시금치 생당근 소시지 계란말이 속 재료 같은 벗님들
촛물 네 스푼처럼 웃음소리 뿌려져 새콤합니다
심 시인님이 밴드에 올리신 사진을 보니
잘 어우러졌네요
낙엽이 참깨처럼 솔솔 뿌려졌더군요
수타사 산소 둘레길을 따라 출렁다리까지
반환점이 되었을까요
따라서고 싶은 마음에 멋대로 동선을 상상해 그려봅니다
흐르는 덕치 천 계곡물을 따라 다정이 유유히 자적합니다
귕소에 다다라 수다가 잠시 바위에 머물렀겠지요
돌단풍 붉은 볼이 소녀 같지 않았나요
반대편 등산객의 시야에 산빛이 들어서게 되면
무량수 빠진 연못의 수면처럼 그대들의 그림자 어렸을
겝니다

풍장

바닷물 속에는 장례 치를 곳이 없나
잡아먹힐 데 투성이란 말인가
고등어 갈치 임연수어 오징어 문어 어류들
장의사 손에 이끌려 어물전 염습실에 붙들려 왔다
작업대에 가지런히 누운 망자는 염사의 손길을 탄다
먼 순례길을 준비하는 일이지
옅은 염분 화장에 곱게 단장을 하였네
건물 숲 골짜기 양지바른 평상에 입적하였네
까마귀 까치 들고양이
웅성거리며 산중 생명들이 모여들었다
흙으로 되돌아가는 길도
연기되어 구천을 떠돌 일도 좋다만
내세에 인간 환생처럼 흥분되는 일이 어디에 없을 것이다
지관의 선택에 따라 하관 시간 맞추어 명당으로 간다
식탁의 석관에 놓여 장례식이 치러지고 있다
살과 **뼈**를 발려내는 이 주술은 빙의되었네
저들의 기쁨이 파도처럼 상주 표정에 흰 포말을 일으킨다

껍질 부수는 일

단단한 고집을 해체하는 부딪힘
결코 순순히 열리는 보호장치 아니다
궁리를 좌우로 굴리게 한다
속살 윤기 나고 고소한 걸 보면
소중한 건 단단히 보관해야 한다는 묵언 같았다
첫 만남은
사람이 호두알처럼 보일 때가 많다
냄새가 전혀 나지 않지만
골진 윤곽이 드러나서 궁금증을 자아내고 있는
호기심 덩어리다
혹여나 그가 나를 부수는 중인가
망치와 같은 말로 으깨지지 않게 귀를 연신 두드린다
속 알맹이가 자꾸 튀어 나갈 것만 같았다

초겨울에 부치는 편지

능선을 바라보다
균형을 잃는다
산더미가 가슴에 벌러덩 쏟아져 온다
늦가을의 연가는
쓰다 버린 쪽지의 뒤척이는 잠꼬대인가
산짐승 지나가듯 산중 소로를 따라
등산객 발등에 차이는 낙엽의 비명은
연못의 파동처럼 인기척을 귓가에 던지고 있다
산책로 긴 의자에 앉아
고운 얼룩의 심경을 들어 나뭇잎 한 장 살피게 된다
수채화 붓질에 훌 바른 혼란스러움이
망막에 중이염이 되고
간절한 하소연은 농도 짙은 물감 덩어리와 같이 뭉쳤다
구멍 난 벌레 사이로 하늘을 넣으니
함박눈이 허공에 온통 진개고 든다

끝자락, 왜 이리 깊은지

낙엽이 발등에 내리는데 비까지 덮친다
가을 하고도 겨울 입구에 저렇게
나무는 적적하게 서 있다
알몸에 바람이 흐느끼다니
바라보는 이가 더 안쓰럽다는 말과 같았다
넓게 벌려진 두 팔에 휘파람을 오므려 치고 있구나
오한이 옷 속에 파고들어 오면
울지 않고서야 견디기가 어려울 것 같았다
땅위 수의가 앓는 소리를 펄럭였다
뉘 가슴을 안고 헛 웃는지
스산한 빗소리에 귓바퀴가 풍당거리며 파동을 딴다
달이 밤 구름을 뚫고 세상에 내려와서는
윤곽을 어렴풋이 밝히고 있다
갈 나무 옆
우두커니 바위처럼 기댄 그대를
우리 물끄러미 쳐다보는 일이다

보온병 하나

아랫목에 자리를 차지한
밥주발을 기억하지
엄마는 겨울이 되면 따끈한 보리밥을
방구들에 놓고 이불을 싸 놓으셨다
옛날 방식이 좀 투박하지만
온기 보존하는 데는 나름 효율이 높다
요즘 밥솥에 앉은 쌀밥이 찰기라든지
너무 완벽하게 잘 유지되지만
뚜껑 열고 밥 뜨고 '탁' 치듯 닫으면
그만이다
옛날 방식이 추울 때면 자꾸 떠오르게 된다
판자 틈 엉성한 부엌에서
엄마가 고생을 눌러 담아 놓으셨기 때문이지
귀가할 가족 위하던 그 손길이 너무나 뜨거웠던 거지
따끈한 관심이 아직도 식을 줄 모르는 거지
혈관 따라 모정이 여태 몸 어딘가를 자꾸
돌아다니는 거지

김장

노루 궁둥이 닮은 배추를 가져온다
뒤태처럼 반을 가르며 함지의 소금물에 절인다
하루쯤 순을 죽여 길들이기 작업을 했다
맑은 물에 잘 세척을 한다
아내는 배추 구석구석 어머니 손길처럼 목욕시킨다
몸에 이로운 유산균을 잘 받으려는 성스런 준비다
무채를 썰고 마늘 생강 다진 것 듬뿍, 갓 대파 당파 숭숭
새우, 액젓 설탕을 치네 쓴맛 없애려고 조미료 살짝 섞네
고춧가루 훌 뿌려서 고르게 버무려준다
알싸하게 톡 쏘는 벌 같은 미각이 태양초에 숨어 있다
속 준비하는 마음은
한 포기를 잘 채우려는 깊고 견고한 계획이었다

뒤풀이에
돼지고기 편육이 식탁에 오른다
갓 지은 햅쌀밥에 올린 겉절이
배추향이 김처럼 혀에 피어오른다

새색시 입맞춤일까 첫날밤 풀 내가 혀에 감긴다
해마다 남편도 김치 담근다는 사실을 이 여자는 알까
혼례식은 독을 단단히 텃밭에 묻는 일이지
당신을 가슴속 항아리에 넣어 익힌 지
어언 27년이구나

건강을 염려해야지 그 무슨 공상이냐

종이컵에 커피믹스를 넣고
뜨거운 물 부어 비닐 껍질로 젓는다
납 성분이 녹아든다는데
미네랄이 아닌 중금속이라
설탕과는 다르게 쫌 기분 찜찜하다
잠시 생각해 봤는데
스푼을 가지고 사용 후에 씻고 어쩌고 보다는
걍 젖는 게 낫다고 개의치 않겠다
글치
사람이 물에 빠져서 그물추처럼 가라앉으려면
천 번은 환생해서 살아야 가능한 일이라며
웃어넘겼다
젖고 나서 봉지 끝을 입에 넣어 빨고 버린다

동지에

작은 설이라 부르기도 했다
기온이 낮고 낮이 가장 짧다
긴 밤에 교미했다지
호랑이 장가가는 날이라 했다
부엌에서
어머니 손아귀의 주걱이 살풀이 춤을 춘다
가마솥에서 새알심을 품고 붉은 기운이 풍겼다
재앙을 쫓는 액막이를 했다
팥 앙금 빵을 먹는다
동지라는데
팥죽 먹어야 하는데
어머니가 하늘나라에서
아무런 기척도 없으시다
슬그머니 나는 동네 나들가게에 나갔다 돌아와서는
아내의 손에 단팥빵을 쥐여 주며
한마디 한다
옛~따 팥죽 한 그릇 먹어라
쑥스럽게 환한 얼굴로 눈길 마주치며 웃는다

섬유 유연제

아침에 출근하려니까 셔츠 맨 윗단추 사이에서
꽃 냄새가 올라온다
향기 나는 남자이길 아내는 바랐던 건지 몰라
속옷과 양말을 갈아입고 길을 나서는데
엉덩이에서 가슴까지 거리가 멀지만
섬유 유연제를 진하게 헹구었던 때문인 것 같았는데
걸을 때라든지 차에 올라타려고 허릴 굽힐 때라든지
절묘하게 목과 옷 사이에 관 같은 틈이 형성되면서 코를

제대로 찌르는 거야
자주 아내와 서로 얼굴을 대하면서 얘기를 나누다 보면
피부 주름이 제법 있기도 했다
세월의 장난이 꼭 낙서와 같아 화나기도 했지만
측은한 생각이 더러 들기도 하였다
호강 한 번 받지도 못하고 아이들 뒷바라지에
노심초사 마음 졸이며 살아왔는데
별다른 불평 없이 내색하지 않았으니 대견할 수 밖에 없다
별 뜻 없이 화장한 얼굴에 빨간 루주가 그려진 걸 봤어

샤워를 하고 축축해진 머리칼을 수건으로 매만지는데
치켜올리는 눈빛이 서로 마주쳤어
소파에 누워서 아이들과 한참 전화기로 떠들다가 내게
말 전해주려고 웃는데 가지런한 흰 치아가 드러나고
순간 아찔하였다
무얼 갈아입었길래
그런데 왜 피죤 냄새처럼 가슴에 향이 확 번지는 거냐고…

새로운 상상력으로 시의 고향을 만나다

최 봉 희(시조시인, 평론가, 글벗 편집주간)

시에서 상상력은 최상의 가치이자 불가침의 영역이라고 말할 수 있다. 그래서 시는 젊은 문학 장르이다. 왜냐하면 창의력의 산실이기 때문이다. 이는 시에서 상상력의 작용을 단적으로 말하는 중요한 예다. 상상력이 약해지면 곧 시는 죽은 것이나 마찬가지다. 그 때문에 시는 독자에게 열린 문장이어야 한다. 시의 내용을 한정하거나 제한하지 말아야 한다. 또한 내용의 해석도 지시적이거나 명령적이지 않아야 한다. 오히려 문장은 확장적인 생각을 도출할 수 있어야 한다. 시는 상상력의 공간이 넓어야 한다.

우리는 지금 미래의 불확정성의 시대에 살고 있다. 인간에 대한 신뢰가 극도로 상실되어 가는 세상이다. 그 속에서 시인은 새롭고 창조적인 시적 가치를 추구해야 한다. 이미 상투화, 일상화된 자아와 세계 사이에서 창의적인 시 정신을 통해 낡고 분열된 세계를 새롭게 창조해야 한다. 이것이 시인의 사명이다.

요즘 코로나 바이러스로 인해 세상의 어둡고 침울하다.

많은 생명을 잃었고 경제가 도탄에 **빠져** 있다. 이러한 상황 속에서 시인은 무엇을 할 수 있는가.

시인은 아름다운 글로 행복한 세상을 꿈꿔야 한다. 시인은 모순된 상황을 해체시키고, 언어를 통해서 새로운 창조적 이미지의 공간을 만들어야 한다. 이것이 계간 글벗, 글벗문학회가 추구하는 비전이기도 하다. 그런 면에서 생명이 생명답게 살 수 있도록 이상적인 삶의 세계를 그려 보여주는 일, 아름다운 세상을 꿈꾸는 일, 바로 그러한 역할의 핵심에는 상상력이 함께 할 수밖에 없다. 그래서 시인들은 상상력의 확장에 남다른 신경을 기울여야 한다.

러시아의 빅토르 쉬클로프스키는 '문학은 낯설게 하기(Defamiliarization)'라는 고전적 명제를 남겼다. 이는 상상력을 염두에 둔 말일 것이다.

여기 기존의 상투화, 자동화, 일상화된 자아와 세계 사이에서 새로운 상상력이라는 새로운 가치를 추구하는 역량있는 시인이 있다. 바로 이광범 시인이다.

이광범 시인은 올해 2월에 첫 번째 시집 『봄 그리워 다시 봄』을 상재했다. 그는 머리글에서 '세상과 자연을 소리나는 대로 읽고 싶다'고 했다. 소리글자에 파묻혀 움직이는 시를 조각하여 누군가 감흥을 맛볼 수 있도록 벽에 걸어두고 싶은 것이다. 그래서 이광범 시인은 늘 좋은 글, 가슴에 남는 글, 맑고 깨끗한 글을 쓰려고 노력한다.

우선 그의 시 「맛있게 맛없다」를 감상해 보자.

악기 박물관에 찾아가려고
서봉사 방향의 샛길로 들어선다
마침 식당이 나타나자
황희수 시인께서 밥은 먹고 가자는 것이다
주차장에 차를 세우고 들어서니
차림표는 막국수와 꿩만두다
아직은 더운지라 마당의 원탁에는 손님이
꽉 들어차 있다
막국수 둘을 주문하고
한쪽의 평상 마루 접대 자리에 올라가 편히 앉았다
잠시 후 상차림이 올려졌다
막국수 두 그릇에 얼갈이와 배추김치가 나왔다
가위로 면을 자르고 젓가락으로 비빈다
첫맛은 시골스러움이 혀를 건드렸다
두 번 세 번 갈수록 담백함이 파고 든다
끝으로 갈수록 조미료 없는 무릉도원 같았다
식당을 나서면서 의외로 맛있지 않으냐는 물음에
황 시인은 여태 먹어본 막국수 중에 제일 좋더라고
대답하였다
– 시 「맛있게 맛없다」 전문

위의 시는 스토리가 있다. 자신이 막국수를 먹은 경험을
다루었다. 지인인 시인과 함께 막국수를 먹은 감동을 표현
하였다. 조미료 없는 무릉도원 같았다고 했다. 가공적인 음
식이 많은 세상에 시골스럽지만 담백한 막국수의 맛의 감

동을 표현한 시다. 어쩌면 시도 이처럼 막국수처럼 조미료 없는 순수한 맛을 추구하는 것이 아닐까?

이 때문에 이광범 시의 특징은 스토리가 있는 시라는 것이다. 평범하면서도 삶의 깨우침이 있는 삶을 진솔하게 표현하고 있다. 그의 시에는 자신이 살고 있는 홍천의 모습을 담고 있다. 다양한 어릴 적 추억과 더불어 지금의 삶의 모습을 진솔하게 표현하고 있는 것이다.

둘째는 이미지를 통한 창조적인 의미를 전달하고 있다.

시에서 이미지는 단순히 말하는 그림 이상의 것이다. 리듬과 함께 대표적인 시의 구성 원리인 이미지는 언제나 우리 감각에 호소하고 사물에 대한 감각적인 경험을 불러일으킨다. 시가 구체적이라고 말할 수 있는 하나의 방법이다. 사실 시는 구체적이고 특수한 것, 곧 이미지를 통하여 추상적인 의미를 전달하고 있다.

이광범의 시를 분석하면, 대상에 대한 그리움과 소망을 꽃의 이미지로 표현하고 있음을 쉽게 찾을 수 있다. 그의 상재된 시에는 '꽃'이라는 시어가 103회나 등장한다. 그 다음에 어머니(20), 그리고 사랑(13) 등의 순이다. 그렇다면 이광범 시인이 말하는 꽃은 어떤 존재일까?

침묵은 난처함에서 오고
두려움은 협박으로부터 온다
가을은 여름으로부터 온다면

겨울은 가을로부터 오겠지
　　그러지 마라
　　강탈도 부족하여 알몸을 만드나
　　다 죽었다 눈보라 치며 소란 떨어도
　　봄은 여전히 오는 것
　　새싹은 돋아나와 어여쁜 꽃이 봄들에 또 핀단다
　　– 시 「생은 죽을 리가 없다」

　이광범 시인에게 꽃은 새롭게 태어나는 생명이고, 자신이
기도 하며, 사랑하는 존재로 표출된다. 그것은 순리적이며
자연적인 것이며 당연한 것이다. 그 누구도 막을 수 없는
진리이자 살아있는 삶이며 운명인 것이다.

　　밤빛에 들녘이 싱그러웠다
　　풀 내 같은 엷은 웃음이야
　　물속에 떨어진 잉크처럼 설렘이 번진다
　　달빛 살며시 날아와 살그머니 나비처럼 앉으니
　　따스한 엉덩이의 체온이 꽃잎에 묻어버렸다
　　끝내는 참지 않았음이다
　　간지러움 / 펑 터져버렸다
　　바람은 가벼이 보일 거라 걱정을 하네
　　흔적을 닦으려고 애를 쓴대도 아무런 변화도 없다
　　그런 것 못 이기는 척 장난을 치는 앙탈일 거야
　　그저 좌우로 흔들거릴 뿐이지
　　어두움을 뚫고

노란 화장기 얼굴이 내 가슴에 연서처럼 쓱 들어왔다
그럴 즈음에 물어보고 싶은 말이 하나 있었어
날 좋아하냐고…
– 시 「달맞이꽃」 전문

그의 또다른 시 「꽃무릇」을 감상해 보자. 어는 비오는
날 비에 젖은 아름다운 여인의 모습을 본 스님은 그리움에
사무쳐서 시름시름 앓다가 세상을 떠난다. 이를 불쌍히 여
긴 노스님이 양지바른 언덕에 스님을 묻어주었는데 그 무
덤에서 선홍색 꽃이 피었다는 전설이 담긴 시다. 시인은
이룰 수 없는 사랑과 슬픈 기억을 가진 시 「꽃무릇」을
통해서 그곳에 찾아가고 싶다고 말한다. 품안이 뜨겁게 데
이고 싶다고 소망한다. 얼마나 절절한 그리움인가.

선운사 뜨락에 군락지가 있다네
바람에 실려 꽃 분이 처마의 풍경을 치겠네
왈칵 쏟아지는 통곡을 하겠네
애잔하게 흔드는 쇳소리
불공 염불 소리에 속 비치겠네
나무 아래 비에 젖어 떨고 있는 한 여인이 서렸다
몸살 거리는 번뇌여
꽃으로 환생을 하였다네
그곳에 찾아 가야겠네
품안이 뜨겁게 데이고 싶네

전북 고창군 아산면 선운사로 250번지다
- 시 「꽃무릇」 전문

 세 번째 이광법의 시의 특징에는 '고향'이 항상 존재한다
는 것이다.
 가스통 바슐라르는 그의 저서 『물과 꿈』에서 이렇게 말
한다.

 '인간의 꿈은 본질적으로 물질적인 것이다. 꿈은 어린 시절에
탄생지에서 이미 물질화 된다. 고향이라는 하나의 영역이 아
니라 차라리 하나의 물질이다. 시냇물이나 강이 흐르는 곳에
서 태어난 사람은 물에 의해 그의 무의식이 지배된다.'

 이광범 시인의 고향인 홍천은 그의 어린 시절 추억이 담
긴 곳이기에 그의 상상력이 지배하는 고향이라고 말할 수
있다. 존재의 의문을 푸는 이광범 시인의 시세계를 또 다
른 시 한 편에서 만날 수 있다. 그는 고향에서 나무를 만
나고 숲을 만나고 마침내 산에 오른다. 그 산은 바로 그의
상상력의 공간이고 눈에 보이는 시의 공간인 것이다.

 나무를 매만지면서 / 보지도 못한 숲을 상상하여 믿는
 그런 어리석음은 없지

 숲을 바라보면서 / 나무 하나하나를 생각해 내는

그런 현명함은 더 없지

산을 높이 오르니 / 한 폭의 숲이 격정을 품고
시야에 녹아들어 왔다
– 시 「산 정상에 올라」 전문

홍천 읍내 중앙시장에
올챙이 헤엄 잘 치고 있다
어구를 집어넣어 쌍끌이 그물을 끈다
그릇에 떠서 담았다
식탁 앞에 앉아 파 숭숭 고춧가루 마늘 들어간
양념간장을 친다
훌훌 말아 입안에 떠 넣으니
시원하게 푸딩처럼 넘어간다
– 시 「올챙이 국수」 중

이처럼 위에서 살펴본 바와 같이 이광범 시의 특징은 상
상력을 발휘하는 아름다운 스토리가 있으며 꽃의 이미지로
그의 삶을 창조적 이미지로 이끌어 가고 있다. 특별히 상
상력의 지배하는 고향이 그의 시에 존재한다는 것이다. 그
때문에 시의 새로운 상상력은 곧 자연을 바탕으로 한 그의
고향에 바탕을 두고 있다고 말할 수 있겠다.
끝으로 이광범 시인의 창조적인 시의 세계를 지속적으로
만나고 싶다. 그의 건승을 기원한다.

■ 글벗시선 94 이광범 시집

봄 그리워 다시 봄

초판 발행 2020년 2월 10일
개정판 발행 2020년 9월 10일
지 은 이 이 광 범
펴 낸 이 한 주 희
펴 낸 곳 도서출판 글벗
출판등록 2007. 10. 29(제406-2007-100호)
주　　소 경기도 파주시 와석순환로 16,(야당동)
　　　　　롯데캐슬파크타운 905동 1104호
홈페이지 http://guelbut.co.kr
E-mail juhee6305@hanmail.net
전화번호 031-957-1461
팩　　스 031-957-7319
가　　격 12,000원
I S B N 978-89-6533-148-3 04810